FAUVE

LE RANCH DES LOUPS - 2

RENEE ROSE
VANESSA VALE

OBTENEZ UN LIVRE GRATUIT DE VANESSA VALE !

Abonnez-vous à ma liste de diffusion pour être le premier à connaître les nouveautés, les livres gratuits, les promotions et autres informations de l'auteur.

livresromance.com

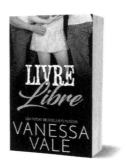

ABONNEZ-VOUS À LA NEWSLETTER DE RENEE

Abonnez-vous à la newsletter de Renee pour recevoir des scènes bonus gratuites et pour être averti·e de ses nouvelles parutions !

https://www.subscribepage.com/reneerosefr

1

ARINA

Mon portable sonnait. Le ciel déversait une pluie torrentielle. Je n'avais jamais vu une pluie aussi forte. Les essuie-glaces de ma voiture de location luttaient à grand peine contre les éléments, même à pleine vitesse. Je patinais presque sur la route de campagne et cela me prendrait des heures pour arriver chez Audrey.

« Et merde, » sifflai-je à voix haute en tâtonnant à la recherche de mon téléphone sur le siège passager. « Allo ? »

« Marina Thompson ? »

Un éclair déchira le ciel, illuminant la route devant moi. La nuit n'était pas tombée mais il aurait tout aussi bien pu être minuit. Je découvris la route—ou plutôt son absence— et l'instant d'après, écrasai la pédale de frein.

Le bruit assourdissant qui retentit me fit bondir sur mon siège.

« Et merde, »

Une véritable rivière barrait la route.

« Allo ? » répéta la voix dans le téléphone.

Je pris une grande inspiration et regardai par la fenêtre le torrent sur mon chemin. Bien trop profond pour être traversé.

« Oh mon dieu, la route s'est changée en rivière... soupirai-je. Euh, oui. C'est Marina. »

« Ici Janine Fitz, du bureau des finances. »

« Oui, bonjour. Je suis sous une petite averse. » Je donnai ces précisions pour éviter que mon interlocutrice me prenne pour une folle.

« Je tenais à vous informer que nous n'avons pas reçu le paiement pour la prochaine rentrée scolaire, annonça-t-elle, depuis son bureau donnant certainement sur un ciel ensoleillé. L'échéance était lundi dernier. »

Je clignai des yeux et réfléchis au sens de ses propos. J'avais dû mal entendre avec la pluie qui martelait ma voiture.

« Mon père envoie un chèque chaque semestre. »

C'était à peu près tout ce qu'il faisait pour moi.

« Pas cette fois-ci. Si nous ne recevons pas de paiement rapidement, nous vous considérerons comme démissionnaire. »

« Ce n'est pas le cas, » répondis-je rapidement. Un autre éclair précéda le coup de tonnerre. « Merci d'avoir appelé, je m'en occupe. »

« Et bonne journée à vous, » dit-elle.

« A vous aussi. » Une bonne journée ? On aurait que le déluge s'abattait sur le Montana.

Je fixai mon portable dans le creux de ma main et soupirai. « Papa, c'est quoi cette histoire ? » murmurai-je en lui adressant un bref SMS. Je n'attendis pas de réponse et laissai tomber l'appareil sur le siège vide.

Je reposai les yeux sur la route. Je supposai que la rivière en furie n'avait rien à faire là. Ou alors, un pont avait été emporté par les flots. Dans tous les cas, je n'irais pas plus loin. Et il en était pourtant hors de question. Je devais rejoindre le Ranch des Loups, ce soir.

« Aucune chance, » grommelai-je.

Je ne pouvais rien faire pour mes frais de scolarité, ni pour la route infranchissable.

Ainsi soit-il. Autant profiter du moment présent. L'année scolaire était terminée, les examens aussi. J'étais en vacances. J'ouvris la portière et sortit. Je fus trempée en un instant. C'était peut-être stupide, mais je devais voir ses incroyables orages du Montana de mes propres yeux. Personnellement et de près.

Il y a une heure encore, le temps était radieux. Un grand ciel bleu dans lequel bourgeonnaient quelques cumulus. L'orage avait éclaté soudainement, le territoire au grand ciel méritant plus que jamais son surnom. Je l'avais regardé envahir le ciel depuis l'ouest avant de mettre le cap droit dessus.

La pluie était froide sur mon visage, plaquant mes cheveux contre mes joues et ma nuque tout en ruinant mes baskets. On entendait que le son de la pluie et du vent. Pas de bruits propres aux grandes villes. Pas de chantiers ou d'aboiements de chien. Rien que la nature et moi, à perte de vue. Je souris.

Je n'avais pas réalisé à quel point j'appréciais de quitter la ville avant d'avoir franchi un fuseau horaire. J'allais profiter de mon escapade dans le Montana, à commencer par le mariage d'Audrey. J'avais hâte de rencontrer le champion de rodéo qui avait ravi son cœur et dont les photos que j'avais vues sur internet étaient brûlantes. J'avais dit à Audrey que je l'enviais. Je ne mentais pas.

Ma vie amoureuse était inexistante. Bien sûr les garçons de ma promo me proposaient de sortir avec eux, mais aucun d'entre eux ne me convenait. Je n'avais aucune idée des raisons qui me conduisaient à les repousser... certains d'entre eux étant aussi séduisants qu'attentionnés. Et intelligents. Et drôles. Mais c'étaient des garçons.

Et moi c'était un homme que je voulais. Un homme, un vrai. Du genre à me prendre par les cheveux pour me trainer jusqu'à sa caverne. Et pas du genre à s'envoler sans crier gare comme le précédent. Ce voulais pouvoir m'attacher. Je pourrais même me poser pour de bon.

Mon dieu, et le baromètre qui baissait encore.

Et je me rendais plus que jamais compte de ce qui me manquait. Ce dont je rêvais. Chaleur. Alchimie. Une attirance hors normes. Tout ce qu'Audrey avait trouvé en son cowboy.

Je n'étais pas vierge, mais c'était tout comme. Mon précédent petit ami m'avait troquée contre un modèle plus récent. Tellement drôle, ou pas. Je voulais un homme qui me réchaufferait, que l'amour m'enflamme autant que la foudre dans le ciel. J'en rêvais, et les batteries à plat de mon vibrateur étaient là pour en attester. Je levai la tête pour laisser les gouttes laver mes paupières, mes lèvres et mes joues. Puis je me mis à rire. Je pris une grande inspiration puis une autre en fixant la route devant moi. L'eau trouble du torrent filait en grondant, charriant au passage une branche d'arbre ou un buisson arraché à la terre en amont. La nature reprenait ses droits. Elle serait toujours la plus forte. Elle rendrait toujours mes plus graves problèmes insignifiants. Je lançai une pierre dans les eaux tumultueuses pour en jauger la profondeur.

Celle-ci sombra en un clin d'œil.

Je ris à nouveau. Je n'étais pas près de traverser, du

moins pas sur cette route. Tout autour de moi n'était que prairie à perte de vue, de hautes herbes couchées par le vent. La ville la plus proche se trouvait huit kilomètres derrière moi, quoique le terme de *ville* soit un peu exagéré. Elle n'avait même pas de feu rouge.

Je pouvais bien sûr faire demi-tour et prendre un autre chemin mais mon GPS m'indiquait trois heures de plus, sans garantie que les routes soient praticables.

Si je ne pouvais pas atteindre le Ranch des Loups ce soir, je n'étais pas pressée d'arriver ailleurs. Autant profiter du spectacle offert par la nature. Je montai sur une borne kilométrique pour mieux voir.

Les phares avant d'un pick-up attirèrent mon attention et je titubai du haut de mon perchoir. Avec la tempête qui faisait rage, je n'avais pas entendu le bruit du moteur jusqu'à ce que le véhicule s'immobilise derrière le mien. La porte s'ouvrit et un homme aux larges épaules en sortit avant de marcher en ma direction.

« Tout va bien ? » appela-t-il d'une voix trahissant son inquiétude.

Je clignai des yeux pour en chasser la pluie. Oh mon dieu. Ça c'était un homme.

Il était immense, un mètre quatre-vingt-dix ou quinze. Ses muscles saillants, comme s'il s'amusait à soulever des voitures pour se détendre, étaient contenus dans un t-shirt noir et un pantalon de treillis. Il fut mouillé en un clin d'œil. Et moi aussi, mais cela n'avait plus rien à voir avec la pluie.

Il s'arrêta à côté de moi, même perchée sur ma borne, j'arrivais à sa hauteur. Il avait des cheveux sombres, coupés courts. Il aurait eu besoin de tailler sa barbe de quelques jours. Je pariai qu'il avait des poils sur le torse.

Miam.

Je ris, manquant à nouveau de perdre l'équilibre. « Tout

va bien. Je profite de la vue. » Je pointai du doigt la route inondée, mais lui ne me quittait pas des yeux.

Il avança un bras puissant pour me rattraper. Un petit V se dessina sur son front. Il avait probablement une dizaine d'années de plus que moi et il était... wahou, canon, CANON.

« L'eau est plus profonde que vous croyez, » dit-il. Sa voix était profonde et rauque, chargée d'autorité. Mon corps frissonnait, pas seulement de la fraicheur de la pluie. « Impossible que vous puissiez traverser. »

Des yeux perçants et sombres se promenèrent sur moi, avant de s'arrêter sur ma poitrine.

Je baissai les yeux et réalisai que mes tétons pointaient à travers le fin tissu de mon t-shirt rose qui devait être transparent. Il n'avait pas besoin de vision rayon X pour comprendre que je ne portais pas de soutien-gorge.

Je tournai la tête vers les eaux tumultueuses. « Je sais. Je voulais juste regarder un moment. » Je pivotai et manquai de perdre mon équilibre.

Il resserra sa prise sur moi. « Jeune fille, vous me rendez nerveux. Sautez de là avant que je ne vous fasse descendre. »

Jeune fille ? Je lui lançai mon regard le plus sombre. J'étais tellement plus petite et clairement plus jeune que lui, mais quand même. La même autorité dans la bouche de tout autre m'aurait offensée. Mais venant de lui, je trouvais cela excitant. Viril. Et cela devait avoir quelque chose en lien avec les muscles saillants du bras qui me retenait.

Il me prit par la taille sans attendre de réponse. « Allez. » Il me déposa facilement sur le sol mais garda ses mains légèrement sur ma hanche. Il regarda autour de lui, comme en quête de quelque chose, avant de reposer ses yeux sur moi. Son regard parcourut mon visage, erra sur mes lèvres avant de replonger dans mes yeux.

« Vous êtes là, à regarder ? Vous êtes trempée. »

« Et vous aussi, » répliquai-je.

Il fit un signe de tête, comme s'il n'avait pas l'habitude qu'on le contredise, je crus deviner l'esquisse d'un sourire. Il pencha la tête contre la mienne et inspira longuement. J'aurais juré l'avoir entendu grogner. Il écarquilla les yeux comme s'il était lui-même autant surpris que moi. Il jura à voix basse, et le vent balaya ses paroles.

« Hum, vous me fixez, » dis-je enfin, comme il ne tournait pas les yeux. Il n'avait même pas cillé.

« Ouais »

Ouais ? C'est tout ?

Se passait-il quelque chose ? Je passai clairement un moment de grâce avec sombre étranger dont les mains étaient toujours sur moi. J'avais hâte d'en parler à Audrey.

Je me léchai les lèvres et regardai ses yeux en suivre le mouvement. Il prit une autre inspiration et grogna encore. Il ne semblait pas pressé de me mettre à l'abri de la pluie. En fait...

« Hum, vous me tenez encore. »

Ses doigts se détendirent imperceptiblement sur ma taille, la chaleur de son contact devenant presque fulgurante. Il ne lâcherait pas.

« Je ne voudrais pas que vous disparaissiez. »

Je fronçai les sourcils. « Eh bien, je n'irai nulle part, » répondis-je en hochant la tête vers les flots menaçants.

« Pourriez-vous... » J'oubliais ce que j'étais sur le point de dire quand ses pouces se mirent à glisser de bas en haut sur mon t-shirt mouillé, comme s'il caressait ma peau nue.

Une vague de chaleur m'envahit. Un sursaut de désir. Un éclair de plaisir. D'envie. Aussi près de moi, il était immense. Large d'épaules, fortement musclé. J'étais au milieu de nulle part avec un homme qui pouvait à coup sûr passer pour le frère de l'incroyable Hulk. J'aurais dû avoir peur qu'il devienne tout vert et m'arrache un membre après l'autre, mais ce n'était pas le cas. Tant d'intensité relevait de la folie. A cette distance, je pouvais distinguer à quel point ses yeux étaient sombres, avec de petites étincelles ambrées à l'intérieur. Toute cette alchimie que je pensais ne jamais trouver ? Wahou. Elle venait de prendre vie devant moi. Dans son regard. Dans ses gestes. Tout son être. Comme si la foudre avait touché terre, faisant naître cette connexion quasi électrique. Je fus surprise de ne pas entendre de crépitements.

Ouais, j'avais dû lire trop des romans à l'eau de rose recommandés par Audrey. Peut-être que son propre tourbillon d'amour avec son champion de rodéo m'avait donné envie de vivre ma propre aventure—corps et âme. J'avais pensé que jamais je ne ressentirais ça pour un garçon. Me languir de son contact, que ses mains et ses doigts me caressent. Et sa queue, oh mon dieu. Il pourrait donner de grands coups de reins. Ce type ne me semblait pas du genre à faire dans la dentelle.

Je prêtai à peine attention à la pluie qui battait mon visage. Je ne sentais que ses mains. Son regard de braise. Son souffle rauque. Il semblait autant affecté par ma personne que moi par la sienne.

Je fronçai encore les sourcils. « Quoi ? » Comme il ne répondit pas, je demandai, « Vous allez me lâcher ? »

Il secoua doucement la tête.

« Hum, bien, euh... je ne connais même pas votre nom. »

« Colton Wolf. »

Incroyable.

Ce type était Colton Wolf ? Nom d'un chien. On ne trouvait pas deux types avec le même nom de famille au milieu du désert du Montana, sur la seule route menant vers

Cooper Valley et le Ranch des Loups. Audrey m'avait parlé des frères de Boyd pendant l'une de nos longues discussions. L'un vivait au ranch, Rob. L'autre était un béret vert affecté quelque part sur la côte est. Colton.

Il n'était actuellement pas sur la côte est. J'en pinçai instantanément pour le frère de mon futur beau-frère. Je ne devais pas jeter mon dévolu sur un total étranger parce que c'était non seulement dangereux et effrayant, but surtout parce qu'Audrey me tuerait. Elle voulait bien que j'ai un plan cul de temps à autre mais elle n'approuverait certainement pas que je le rencontre au milieu du désert et qu'il me baise jusqu'à en faire oublier mon nom. Et ce n'était pas comme si je fantasmais à l'idée de monter un type lambda comme un petit singe, peu importe qu'il soit séduisant. Mais non, il fallait que ce soit Colton Wolf. Et c'était un sacré morceau.

Je m'étais plainte au Ciel dans la voiture quelques instants plus tôt. Peut-être que le torrent en furie était le destin. Peut-être que je n'étais pas censée arriver au Ranch des Loups ce soir. Peut-être que je devais passer la nuit dans les bras de cet homme.

On dirait que la chance venait de tourner. Et pourtant nous étions toujours sous la pluie, et il ne semblait pas pressé d'en bouger.

Je remarquai qu'il ne demandait pas mon nom. Je m'éclaircis la voix. « Vous avez raison, nous devrions nous mettre à l'abri. »

Un autre éclair suivi du grondement du tonnerre. Il ne cilla même pas.

« Colton ? »

Son regard descendit sur mon cou, et il me regarda comme si j'étais son premier repas après une semaine de jeûne.

C'était une bonne chose, non ? J'avais envie qu'un homme me regarde ainsi. J'avais envie qu'on me regarde avec voracité. Et tout particulièrement vu que je faisais de même en retour.

Mais il s'agissait de Colton Wolf. J'avais entendu parler de lui et je supposai que lui aussi se dirigeait vers le ranch familial, pour le mariage. Cela signifiait que lui aussi avait dû entendre parler de moi. Il savait au moins qu'Audrey avait une sœur.

Et merde. J'allais jouer le rôle de la petite sœur. Nous étions loin d'avoir des liens familiaux, mais il m'avait déjà appelé *jeune fille.* Pourrait-il s'astreindre à une règle imposant de ne pas baiser la petite sœur ? Je pensais à faire l'amour avec lui. Et à en juger par son regard, il ne semblait pas enclin à m'embrasser langoureusement.

Il ne voudrait certainement pas de moi s'il savait qui j'étais. Les militaires avaient tendance à respecter un certain nombre de codes d'honneur.

J'avais certes de l'honneur moi aussi, mais j'avais aussi des hormones qui me soufflaient de désirer cet homme, et lui seul. Cela devait se passer ce soir. Une fois que nous serions arrivés au ranch, qu'il saurait qui j'étais, tout changerait.

« Vous ne voulez pas connaitre mon nom ? »

Son regard soutint le mien. « Votre nom m'importe peu. »

« ...vous importe—» *Ok,* peut-être qu'il voudrait bien m'embrasser après tout. Cela pourrait fonctionner. Absolument. Une nuit avec le vilain béret vert. Il était costaud, et je me demandai si toute son anatomie était proportionnée. Ma chatte se resserra rien que d'y penser.

D'une main sur son visage, il en essuya la pluie, pour un

instant du moins. Il semblait avoir une marque sur l'arcade droite. Une partie du sourcil manquait mais pas de cicatrice.

Le vent se renforça encore, la tempête me rapprochant de lui.

Son souffle s'accéléra et je regardai ses narines s'écarter. Chaque ligne de son corps se tendit et sa main posée sur ma hanche y appuya encore. Avec la lumières des phares, il semblait... sauvage.

Un éclair déchira encore le ciel, je comptai.

Un.

Deux.

Boum ! Je bondis dans ses bras. Ok, je devais avancer. Cela semblait lui convenir de me regarder fixement, et, d'une manière étrange, de me respirer. Mais, mon dieu, que ses bras puissants me faisaient du bien. Là où j'avais froid, il soufflait le chaud.

« Doucement, murmura-t-il dans mon oreille. Tu es en sécurité avec moi. Je te le promets. »

Mon cœur manqua un battement et se mit à marteler ma poitrine pendant que je l'écoutai prendre une autre profonde inspiration.

« Je sais. » Je relevai la tête en souriant.

« Je suis baisé, » murmura-t-il.

Avais-je bien entendu ? *Mais avec plaisir.* Je secouai doucement la tête. « Euh, j'espérais le contraire. »

Il arqua un sourcil sombre. « Qu'est-ce-que tu dis ? »

Je grimaçai sous la pluie en sentant la pression de sa queue, cette longue et grosse queue, contre moi. « Je pensais avoir été claire. »

Son regard se promena sur mon visage encore une fois. « Jeune fille, tu causeras ma perte. »

Je me mordis la lèvre inférieure. Mes petits seins

appuyaient contre ses côtes tandis que mes mains étaient posées sur ses abdos en béton.

« Le niveau du torrent ne baissera pas avant plusieurs heures, expliqua-t-il. Il y a un motel dans la dernière ville. »

Des pensées aussi sombres que salaces m'envahirent. Ses mains descendirent sur mes épaules, mais son regard plongea à nouveau vers mes seins, comme s'il envisageait de les prendre dans ses mains.

S'il se lançait, il découvrirait qu'ils étaient petits, un bonnet A, mais mes tétons étaient assez durs pour couper du verre. J'espérais être assez bien pour un grand costaud comme lui. J'étais peut-être petite, mais je n'étais pas en sucre, et bien que je n'aie pas beaucoup d'expérience— d'accord, le strict minimum—j'avais de vilaines pensées.

Et soudain, je n'eus plus froid. Je sentis son odeur dans le vent. Du savon ou quelque chose d'épicé, mais très masculine.

« Il faut enlever ces vêtements trempés, » il avait presque grogné.

Mais toi aussi, mon ami.

Allait-il m'aider à me déshabiller ? Relever mon t-shirt ? Descendrait-il mon legging le long de mes hanches, emportant mon string avec. Epongerait-il chaque centimètre de mon corps avec une serviette sèche ou bien toute l'humidité s'évaporerait-elle quand il m'embrasserait.

La route devant nous était infranchissable. Nous passerions la nuit au motel dont il avait parlé, mais si je m'écoutais, nous ne dormirions pas beaucoup.

 OLTON

Vanille et cannelle. Deux notes de son parfum délectable. Elle était à couper le souffle. Parfaite.

Que je sois damné. On aurait cru qu'une bombe artisanale venait d'exploser devant moi. Et qu'elle m'avait ouvert en deux, détruisant l'homme et obligeant mon loup à me transformer en quelque chose de nouveau. Et c'est ce qu'il avait fait. Parce qu'il savait qu'elle était ma compagne.

Ouais, je devenais poète... on aurait dit que les cieux s'étaient ouverts pour laisser filtrer un rayon de soleil. J'avais senti une esquisse de son odeur malgré la pluie et j'avais reconnu qu'elle était pour moi. Mon âme-sœur. Je m'étais figé sur place et le temps semblait s'être arrêté. Apercevoir ce petit morceau de femme sous la pluie au bord d'un torrent en furie avait suffi à m'en convaincre. Mon loup— qui tournait en rond depuis deux ans—avait fait surface instantanément. Grognant et grondant pour attirer mon attention. Comme s'il avait su quoi faire.

Elle. Était. Mon. Âme-sœur.

Elle m'avait demandé si j'allais la lâcher. J'avais secoué la tête. Plus jamais je ne la laisserais quitter mon champ de vision. J'avais passé les dix dernières années dans l'armée. Trois campagnes dans les pires pays du monde. J'en avais quasiment fait le tour. Connu et baisé d'innombrables femmes, espérant satisfaire mon loup. Ma bite s'était copieusement entrainée, certes, mais ces relations étaient restées vaines. Creuses. Quoi que je me sois assuré de les satisfaire avant de les laisser repartir.

Et maintenant ? Au milieu d'un orage d'été ? Elle m'avait fait bander comme un roc. Je ne rêvais que de la découvrir, et mon loup de la croquer pour la conquérir. *Maintenant.*

J'avais été contraint de la laisser monter dans sa voiture et de la suivre en ville. Je l'avais collée de près et si elle avait seulement fait mine de changer d'avis et de dépasser le motel, je lui aurais coupé la route comme le torrent l'avait fait précédemment.

Mais dieu merci, elle ne l'avait pas fait, ce qui signifiait que tous les signaux qu'elle émettait étaient au diapason avec les miens.

Cela allait arriver. Les voyants étaient au vert. Ma mission consistant à la conquérir était lancée. Aucune chance que je lui confie être un métamorphe, mais demain matin, elle en saurait beaucoup sur moi. Ce que je savais faire de mes mains. De ma bouche. Elle connaitrait la taille de ma bite et comment elle remplirait délicieusement sa petite chatte. Sa bouche, ou encore... son petit cul bien serré.

Ayant récupéré les clés auprès de la réception, j'ouvris la porte de la chambre et restai sous la pluie le temps de la faire entrer. Elle était superbe, malgré la pluie qui la détrempait et plaquait ses vêtements à ses courbes douces. Elle semblait avoir les cheveux châtains, mais je suspectai qu'ils éclairciraient en séchant. Longs. Bouclés, même.

Je repensais à sa silhouette se dessinant sur sa borne kilométrique. Je m'étais arrêté immédiatement en apercevant une voiture devant le torrent en furie, et c'est alors que je l'avais aperçue. Une pure folie au milieu d'une tempête. Mais en m'approchant—après avoir senti l'odeur de ce petit corps mûr—ma vie avait changé pour toujours.

Je me souvins que mon père m'avait parlé de la rencontre d'un métamorphe avec sa compagne. Instantanée. Comme la foudre. De nature à changer la vie. Irrévocablement.

Je l'avais cru mais je doutais que chacun trouve sa compagne. Mes chances s'amenuisaient, la folie des jours de pleine lune m'affectant de plus en plus. Mais il avait pourtant raison, mon loup avait jeté son dévolu sur une petite chose inconsciente. Et la vision d'elle trempée sous la pluie d'orage lui avait donné envie d'hurler.

Ouais, et j'avais envie de poser mes mains sur son délicieux petit cul.

Le destin sentait que j'avais envie de tout avec elle. De lui retirer ce t-shirt rose pâle et de prendre dans ma bouche un de ses tétons durcis qui pointaient en-dessous. Je voulais découvrir si elle portait une culotte sous ce legging, vu que je n'avais pas aperçu de couture. Je voulais poser mes mains sur ses cuisses et les enrouler autour de ma taille. Elle était si petite que je doutais que ses chevilles parviennent à en faire le tour.

Sa tenue révélait chacune de ses courbes ravissantes, et son petit cul était à fesser. Elle n'avait rien à voir avec mon type de fille, et pourtant elle enflammait mes instincts les plus élémentaires. Je choisissais d'ordinaire des femmes plus grandes. Du genre à apprécier une bonne baise sauvage sans s'en plaindre. C'est ce que je recherchais.

Elle était plutôt du genre à casser entre mes doigts. Cela ne faisait aucun sens que mon loup veuille la conquérir. Car c'était le cas. Moi aussi. Je voulais que son corps porte la marque de mes doigts, qu'elle se rende superbement compte de notre différence de taille et de poids. Regarder ses yeux s'écarquiller quand je la prendrais bien fort, avant de s'embrumer et s'adoucir quand elle s'abandonnerait au plaisir que je ne manquerais pas de lui donner.

Elle leva les yeux sur moi, sans se rendre compte que j'étais à bout. Elle était superbe avec ses cheveux aussi sombres que sauvages, sa peau claire. Je ne pouvais attendre de rallumer ce sourire de braise sur son visage.

Je réprimai l'envie de la jeter par-dessus mon épaule et de la porter sur le lit comme un guerrier viking. Je craignais déjà qu'elle ait peur de moi. J'étais un grand et sombre étranger. Elle était une brindille que le vent pourrait emporter. Et qui accordait bien trop facilement sa confiance. Et je la fesserais pour cela. Ma compagne était-elle du genre à coucher avec le premier venu ? Mon loup en grogna.

Ouais, une bonne fessée s'imposait. Je lui donnai une petite tape sur les fesses quand elle entra dans la pièce avant de ne pouvoir me retenir.

Elle poussa un petit halètement qui me fit bander comme un roc et regarda par-dessus son épaule. Je pensais qu'elle serait en colère, et je l'aurais mérité, mais non, ses yeux s'étaient embués et elle plissait les lèvres. Elle avait apprécié. Ca l'avait excitée.

Elle était la tentation incarnée, et mon contrôle ne tenait plus qu'à un fil. Elle était enfin là. Flairée. Identifiée. *A moi*.

« Tu fréquentes souvent les motels avec des étrangers ? »

demandai-je en essayant de garder une voix basse, mais il était difficile de penser qu'elle pourrait faire ça avec qui que ce soit d'autre.

Elle plissa les yeux. « Et toi ? »

Je n'allais pas remuer les femmes du passé qui appartenaient... au passé. Mon passé. Elle était mon futur et je n'allais pas le gâcher avec des mots.

Ses yeux trahirent un sursaut de prudence, et sa voix s'adoucit quand elle dit, « Tu as dit que je serais en sécurité avec toi. »

« Et c'est le cas, » répondis-je rapidement, coupant court à la moindre de ses peurs. « Tu es inconsciente, cela dit. Et tu as peut-être besoin d'une fessée. »

Elle ouvrit grande la bouche, mais ses yeux également. Impossible de ne pas voir ses pupilles dilatées, et quand je respirai profondément, putain.

Elle était excitée. Je pouvais sentir le parfum de sa chatte d'ici.

« Tu aimes cette idée. » Ce n'était pas une question. Je ne voulais pas qu'elle soit embarrassée, ou qu'elle mente. Dans ce cas, elle recevrait une vraie fessée, et pas par plaisir.

Elle détourna les yeux, haussant imperceptiblement les épaules. « Il n'y a pas de mal à ce qu'une femme obtienne ce qu'elle veut, » lança-t-elle.

« Les gentille filles aussi aiment se faire baiser. Sans aucun doute, dis-je. Tant que c'est par moi. »

« C'est pour ça que je suis là, » répondit-elle, son regard descendant sur mon pantalon trempé. Je bandais. Impossible de le cacher. Quand sa bouche s'ouvrit de surprise en découvrant la silhouette massive qui se dessinait sur ma cuisse, mon loup s'en lissa le poil. Oui, tout ça pour elle.

Sauf que... j'aurais dû lui prendre une chambre à elle et la border jusqu'à ce que la route soit à nouveau praticable.

Ce serait le comportement d'un gentleman. J'en étais un d'ordinaire, mais là ? Maintenant ?

Impensable. Cela ne faisait aucun doute que c'était une fille bien en quête d'une bonne baise. Mon loup grogna à la possibilité qu'il ait pu croiser quelqu'un d'autre sur le bord de la route. Si nous l'avions manquée...

Mais ce n'était pas le cas.

Elle était à moi, et je lui donnerais tout ce qu'elle voudrait, surtout ce qui impliquerait ma queue. Et toutes mes tergiversations s'interrompirent quand je la vis au milieu de la pièce, ruisselante. Ses tétons pointant, les yeux rivés sur ma queue comme si elle l'attendait. Comme si elle m'attendait.

Et alors j'oubliai tout honneur. Toutes mes intentions de ne pas l'effrayer. De ne pas y aller trop fort. Elle était venue de son plein gré. Elle avait eu maintes fois l'occasion de changer d'avis. Et à sa manière de me regarder, elle n'en avait pas l'intention.

Elle ne savait peut-être pas encore que c'était ma femelle, mais j'allais le lui montrer.

Deux pas, et je me retrouvai sur elle, mes mains sur ses hanches, tirant le tissu de son t-shirt trempé. « Laisse-moi te soulager de ça. » murmurai-je, d'une voix trois fois plus sombre qu'à la normale.

Je pris mon temps, au cas où elle résisterait, mais il n'en fut rien. Ouais, elle était juste devant moi. La petite sirène gardait les yeux sur moi tout en levant les bras par-dessus sa tête. Je lui retirai le vêtement et jurai entre mes dents.

Elle avait de petits seins pointus, surmontés de jolis tétons roses. Ils ne rempliraient pas mes paumes mais elle n'avait pas besoin de soutien-gorge. Je banderais en continu si elle restait nue sous ses vêtements. Elle fit encore un pas vers moi, et passa ses mains sous mon t-shirt trempé pour caresser mes abdos. Un frisson de plaisir me parcourut, plus fort que tout ce que j'avais jamais ressenti.

J'avais passé les douze derniers mois à chercher ma compagne, espérant la trouver avant que la lune achève de me rendre fou. Pourquoi le destin avait-il choisi d'attendre aussi longtemps ? La vie sur la base était comme dans une grande ville. Pas d'intimité. Nulle part ou vagabonder. Nulle part ou courir sous ma forme de loup. Je savais désormais qu'elle était celle qui mettrait un terme à ma frénésie de conquête, celle que je marquerais et engendrerais. Cela avait affecté mes performances à la base, mes besoins primaires interférant avec mon commandement. Et ce n'était pas une bonne chose, si je ne pouvais pas commander, mes hommes mourraient.

Le mariage de Boyd avait été l'excuse idéale pour prendre congé et rentrer dans le Montana. En vérité, j'avais besoin de l'espace qu'offrait le ranch pour courir tout mon soul, gérer la folie qui grondait en moi. Et putain, je venais de rencontrer ma compagne à cent kilomètres de chez moi, dans le petit corps fragile d'une humaine.

Parce que je l'avais su dès l'instant où j'avais senti son odeur.

Mon loup s'était redressé et avec hurlé, *pour elle.*

Elle était ma compagne, je l'avais su avant de voir son visage. Pour l'instant, ma bouche salivait à l'idée de se poser autour de ses ravissants petits tétons, et cela n'avait pas d'importance. Je l'avais reconnue à son odeur, son nom semblait presque trivial.

Je penchai la tête pour gouter ses lèvres. « Tu en as envie, ma douce ? Tu as envie de mes mains sur ton corps chaud comme la braise ? »

« *Oui.* »

L'absence d'hésitation me réconforta. Même si je ne serais pour elle qu'une histoire sans lendemain, elle me faisait confiance.

« Tu en es sûre ? » J'entourai mes mains autour de ses côtes, caressant ses tétons avec mes pouces. « Parce que je doute de pouvoir te traiter avec autant de respect une fois que je t'aurai déshabillée, ma douce. » Je la fis reculer jusqu'à heurter le lit et je la gardai là pour conquérir sa bouche tout en pinçant chacun de ses tétons.

Elle me lécha doucement les lèvres et la dernière once de contrôle qui me restait fondit. Je posai mes mains sous ses fesses et enroulai ses jambes autour de ma taille. Ma queue vint se presser contre le coton de mon pantalon. Je la logeai dans l'espace entre ses cuisses pour la soulager.

« Je—je ne veux pas qu'on me traite avec respect. » Je me délectai de sa réponse.

Ses bras firent le tour de ma tête et elle m'embrassa comme si sa vie en dépendait. Je me félicitai de rester aussi calme et posé, quelles que soient les circonstances, mais elle faisait battre mon cœur et tout contrôle s'effaçait petit à petit. Mon loup était aux anges.

« Montre-moi, » murmura-t-elle.

Je poussai encore entre ses jambes. « Te montrer quoi, jeune fille ? » grognai-je.

« Comment tu vas me manquer de respect. »

Je jetai ma tête en arrière et ris de surprise. Adorable. Elle était absolument adorable.

Elle secoua la tête, ses cheveux envoyant des gouttelettes d'eau à travers la pièce. « Alors, allons-y. »

Je ne devrais pas.

Je ne devrais vraiment pas.

Surtout pas vu la manière dont je baisais. En matière de

sexe, j'étais à l'opposé de banal ou ordinaire. Et elle était fraiche comme une rose.

Une fleur pas si innocente que ça qui s'affairait autour de ma queue comme si elle rêvait de l'avoir en elle.

Je la soulevai sur le lit et l'y laissai tomber sur le dos, tout en retirant mon t-shirt d'un seul geste. Il atterrit sur le sol dans un grand splash.

Son regard se promena sur mes épaules et ma poitrine. « Hummm. »

« Tu aimes ce que tu vois, jeune fille ? »

Elle gigota son ravissant petit cul sur le lit. « C'est clair. »

« Tu n'as aucune idée dans quoi tu t'es embarquée. » J'attrapai le haut de son legging et tirai dessus. Une toute petite culotte descendit avec et mon loup intérieur grogna. Elle était soigneusement tondue et révéla la plus jolie chatte que j'avais jamais vue.

Son ventre frissonna dans un souffle. Et elle écarta les jambes.

« Oh, en voilà une vilaine fille, » dis-je en découvrant chacun de ses contours rosés. Je plongeai entre ses jambes écartées, repoussant encore ses cuisses pour la lécher. Elle laissa échapper un cri de plaisir qui faillit me faire éjaculer dans mon pantalon comme un adolescent entre ses genoux qui m'écrasaient les oreilles.

Je pouvais non seulement sentir son odeur si douce, mais aussi son goût sur ma langue. Bien que sa peau soit rafraichie par la pluie, sa chatte était brûlante, et débordante.

« Hum, hum, grondai-je en repoussant ses genoux. Garde-les ouverts pour moi, jeune fille, sinon tu seras punie. »

Mon dieu. Je ne savais même pas ce qui m'avait poussé à proférer une telle menace. Ouais, j'aimais bien dominer les femmes que je savais apprécieraient. Je ne connaissais même pas son prénom, alors de là à savoir ce qui l'excitait.

Je léchai les plis de sa féminité et elle cria encore, ses genoux se resserrant. « Je ne peux pas m'en empêcher ! haleta-t-elle. C'est trop bon. »

Peut-être que je savais ce qui la faisait décoller après-tout.

D'une main, je giflai gentiment le côté d'un de ses seins avant d'en pincer le téton en guise de punition.

« Oh, mon dieu, » gémit-elle en replaçant son adorable petite chatte sur mon visage, les genoux bien écartés.

Elle avait aimé sa punition.

Bien noté et bien apprécié. Evidemment qu'elle aimait. C'était ma compagne, la vraie. La nature ne pousserait pas vers moi une femelle incompatible. Non, au contraire, j'en trouverais une aussi sauvage que moi. Elle était parfaite. Je la léchai encore, passant ma langue de son anus à son clitoris. Elle cria, décollant ses fesses du lit en m'enserrant les oreilles. J'espérai que les murs du motel n'étaient pas trop fins car les occupants des chambres voisines allaient entendre ses cris de plaisir toute la nuit. Je m'en moquais, et mon loup également. Cela signifiait seulement que je prenais soin de ma femelle, et tout l'hôtel pouvait bien en être au courant.

A la manière dont elle se débattait et débordait sur mon menton, on aurait dit qu'elle n'avait jamais été correctement léchée avant. Et bien j'allais y remédier. J'ignorais si je devais être en colère contre les précédents hommes qui s'étaient montrés aussi peu performants sous les draps avec elle, ou au contraire fier que ce soit avec moi seul qu'elle ait trouvé ce petit supplément de passion.

Cela me fit me concentrer encore davantage sur ma

tâche et je clouai son pelvis contre le lit. « Descends, jeune fille. Sois sage, et je le ferai durer. »

« Oh oui, je t'en prie, » gémit-elle, d'une voix chargée de désir. Elle ondula des hanches, poussant sa chatte contre ma bouche.

Incroyable, tremblait-elle déjà ? Déjà prête à être libérée ? Comment était-ce seulement possible ? Elle était si ouverte, si désireuse, si réactive. Cela fit grogner mon loup du besoin de la protéger.

De tout autre que moi.

J'aplatis ma langue pour lécher toute sa longueur, avant de trouver le petit bouton de son clitoris, d'en soulever le capuchon pour y plaquer mes lèvres et le suçoter.

Elle revint appuyer sur mes oreilles, écrasant sur mon visage sa chair juteuse. Je changeai de position et mis mon pouce en elle. Elle était serrée, oh oui, tellement serrée, mais aussi tellement mouillée, gonflée et accueillante. Elle gémit encore alors que mon pouce effectuait de petits va-et-vient en elle avant de ressortir pour se poser sur son anus.

Un autre cri. Son petit bouton rose se resserra sous la pulpe de mon doigt et je le massai appliquant une petite pression pour voir si elle me laisserait y entrer.

« Oh mon dieu. Oh mon dieu. C'est incroyable, » chantonna-t-elle, essayant toujours de m'arracher les oreilles. Je retirai ma main pour cracher sur mon doigt avant de revenir dans la même configuration. Et cette fois-ci, quand je la massai, elle me laissa entrer.

Elle poussa un cri, sous le choc. Un long « aaaaaah » suivi de petits bruits saccadés. J'étais certain que c'était la première fois qu'elle recevait quelque chose—ou quelqu'un —dans son cul. Et vu comme elle réagissait, ce ne serait pas la dernière. Je venais de prendre la résolution de mettre un point d'honneur à lui arracher de tels cris chaque nuit. Ou chaque jour.

Que les Bérets Verts aillent se faire voir. Ma nouvelle affectation était de faire crier ma compagne.

Rien ne saurait être plus important.

Je manœuvrai doucement mes doigts emmenant mon pouce aussi loin que possible tout en retirant mon doigt de son cul avant d'inverser le processus. Et tout du long, je suçai, léchai et mordillai son clitoris, jusqu'à la rendre folle.

Une douce petite humaine.

Elle ignorait ce qui venait de se produire.

Elle n'avait aucune idée de l'histoire dans laquelle elle venait de s'embarquer.

Ses jambes bondirent autour de moi tandis qu'elle haletait, gémissait et miaulait. Je changeai de technique et baisai chacun de ses deux trous avec mes doigts, de petits gestes rapides.

Elle cria si fort que tout le putain de motel dû l'entendre et mon loup s'en gaussa. Pourtant, elle luttait contre cet orgasme, ce qui le rendrait d'autant plus intense quand elle y succomberait.

Je mis fin à la succion de mes lèvres sur son clitoris et la retournai sur le ventre, mes doigts toujours enfouis dans chacun de ses trous. Alors je la fessai, laissant sur son derrière une marque rouge cerise.

Et cela suffit. Une fessée et elle jouit, ses deux petit trous se resserrant autour de mes doigts. Je ralentis mes gestes et repris un mouvement alternatif, déposant une seconde fessée sur sa fesse droite, puis une autre. Putain, quelle vision.

Elle étendit les jambes, contractant ses muscles fessiers pendant qu'elle jouissait encore et encore.

Je pressai toute la paume de main contre son cul. « Voilà

une façon de te manquer de respect, lui dis-je. J'en ai plein d'autres et je serai ravi de te faire une démonstration de chacune. »

Elle gémit dans la couverture. Je retirai doucement mes doigts et me rassis pour contempler sa silhouette ravissante. Elle resta allongée, inerte et repue, essayant encore de reprendre son souffle. Ses cheveux longs avaient quelques mèches mouillées prises sur ses épaules nues. La trace de ma main persistait contre son pâle derrière. Elle était marquée.

Je me levai et filai me laver les mains dans la salle de bain. A mon retour, elle tourna ses épaules pour me regarder derrière ses longs cils. Tellement belle. Je grimpai sur le lit et passai une main délicate dans son dos.

« Wahou, » murmura-t-elle.

Je grimaçai et me laissai tomber sur elle, fixant ses poignets à côté de sa tête, chevauchant son derrière. « Tu as eu les yeux plus gros que le ventre, jeune fille ? »

Elle tourna son visage contre les couvertures, et elle sourit en regardant par-dessus son épaule. « Qu'est-ce-qui te fait dire ça ? »

Je me penchai pour mordiller son oreille. « Je vérifiais juste. » Je me redressai. Ma queue avait besoin de soulagement. J'étais fascinée par ma compagne, par cette femelle unique que mon loup avait choisie pour nous.

Mais l'idée que cette activité devienne la normale commençait à m'obséder. Était-elle aussi inconsciente avec sa sécurité ? Avec les hommes ? Le protecteur en moi devenait fou à cette pensée. « Je t'en prie, ne me dis pas que c'est une habitude chez toi. »

Elle fronça les sourcils. « Quoi ? Emballer un inconnu pour me l'envoyer dans une chambre d'hôtel ? » La tension devint perceptible dans ses membres, comme si elle venait à peine de réaliser ce qu'elle avait fait.

Je ne voulais pas qu'elle pense que la jugeais. Ou que je voulais lui faire honte. Mais j'étais prêt à tuer quiconque se serait retrouvé à ma place ou—dieu m'en garde—risquait de s'y retrouver après moi.

Je m'étais jeté corps et âme sur elle car mon loup l'avait reconnu, mais elle ne savait rien sur moi. Ce qui me terrorisait. Et peu de choses sur cette planète me terrorisait. En tant que métamorphe, j'étais plus ou moins invincible, et j'avais été impliqué dans des affaires dangereuses. Jusqu'à présent. Maintenant mon cœur pouvait être brisé, et elle seul pouvait le faire.

« J'aimerais être sûr que ce soit quelque chose de spécial. D'unique. » J'arquai un sourcil. « C'est le cas ? »

Elle remua son épaule, geste traduisant son irritation, et la relâchai immédiatement. L'effrayer ne faisait vraiment pas partie de mes plans.

« Pourquoi ? demanda-t-elle, sur la défensive. Je n'ai pas l'habitude que les hommes s'attardent. »

Je lui pris le menton et tournai sa tête vers moi. Je l'avais offensée, et je devais la mettre à l'aise. Même si elle m'avait abasourdi avec ces autres hommes qu'elle avait mentionnés.

« Allez, jeune fille, donne-moi quelque chose. Tu ne reconnais pas quand un homme cherche un compliment ? C'est là que tu me dis que je suis spécial. »

Et depuis quand attendais-je un compliment d'une femme ? Depuis que je l'avais rencontré. Et merde.

Elle se détendit, un sourire réticent sur les lèvres. « C'est unique, » avoua-t-elle, et mon loup cessa de grogner. « Ma vie sexuelle des trois dernières années s'est avérée pathétique. Mon dernier petit ami m'a larguée pour ma partenaire de TP. Alors, ma vie sexuelle actuelle ?

Inexistante. Mais ce n'est pas non plus comme si j'étais vierge, » clarifia-t-elle.

J'en eus envie de briser quelque chose, de savoir qu'un autre type se soit retrouvé à ma place, avec sa bite en elle. Mais je ne pouvais pas jouer les hypocrites.

Elle me regarda, contempla ma poitrine nue. « J'ai rêvé d'un homme qui saurait quoi faire de moi. Et tu es apparu... prêt à me sauver d'une rivière en furie. » Elle se tourna pour me faire face, et son sourire rusé apparut. « J'ai bien mérité une petite aventure. »

Une aventure, dans laquelle elle ne serait pas échangée contre un modèle plus récent.

On dirait que mes doigts lui avaient fait oublier cet enfoiré parce que son sourire étincelant était de retour. J'étais fichu, mais ce n'était pas le moment d'en parler. Prenant son sourire pour une invitation, je couvris ses petits seins de ma paume et les serrai. « Et je serai ravi de t'exaucer, ma douce. »

3

MARINA

JE SAVAIS que Boyd était plutôt joueur, et que cela avait pris du temps à Audrey pour lui faire confiance. Et s'il ressemblait ne serait-ce qu'un peu à Colton, je comprenais pourquoi. Cet homme était encore plus séduisant que Brad Pitt. Je ferais mieux de me dire qu'il était un homme à femmes, comme son frère, ce qui signifiait que je devais faire attention, et ne rien faire qui impliquerait mon cœur. J'avais l'habitude que mes amants ne s'attardent pas, ou qu'ils ne m'aiment pas du tout. Si j'étais maline, je ferais bien de ne rien attendre de plus de la part de Colton Wolf. C'était un Béret Vert, et il n'était dans le Montana que pour le mariage. Il n'avait pas l'intention de se poser. Et zut, je doutais qu'il l'envisage seulement.

« Moi non plus je ne suis pas vierge. »

Je roulai des yeux. Bah ! « Tes compétences hors normes t'ont trahi. »

Il me regarda, son expression s'assombrit avant qu'il ne réponde. « Jeune fille, ce n'est pas dans mon habitude de ramasser des femmes trempées sur le bord de la route. »

« Je croyais que c'était moi qui t'avais séduit, » objectai-je en me mordant la lèvre. J'étais toute douce et docile après cet orgasme si intense.

Il me détailla, les yeux plissés et écarquillés. « Mais c'était le cas. »

« Et quelles sont tes habitudes, Colton ? »

Il secoua la tête. « Pas ça, en tout cas. » Il se pencha pour embrasser mes seins. Je frissonnai, chaque terminaison nerveuse réagissant à son geste.

Aïe. Nous n'avions pas encore baisé, et pourtant j'étais convaincue que Colton Wolf m'avait ruinée pour tout autre homme à l'avenir. J'avais rêvé d'aventures osées. Il m'avait définitivement exaucée, et cela semblait n'être que le début. Comme s'il me laissait une chance de m'en remettre.

Je me dirigeai vers la fermeture de son pantalon. Sa queue en étirait la toile depuis la seconde où nous avions passé la porte et cela devait commencer à être douloureux. Et pourtant, je l'avais vu se retenir aux moments où j'en avais besoin. Et ainsi, il me respectait.

Beaucoup.

Ce qui rendait ses comportements d'homme dominant d'autant plus délicieux. Et la fessée ? Mon derrière picotait toujours... et ce qu'il avait fait à ma chatte. Oh. Mon. Dieu. « Prêt à me montrer une autre manière de me manquer de respect ? » susurrai-je.

Ses yeux prirent une teinte ambrée, et un grondement monta de sa poitrine comme s'il était prêt à me dévorer.

Oh oui, *je t'en prie.*

Il se jeta sur moi, chevauchant à nouveau ma taille, mais cette fois-ci, sur le dos, et immobilisa mes poignets d'un bras au-dessus de ma tête. Son pantalon était agréable contre ma peau chaude.

« Tu aimes que ce se soit sauvage, jeune fille ? »

« Oui, » répondis-je immédiatement. Vraiment ? Qu'est-ce-que j'en savais ? Mais j'étais sûre de ma réponse. Si c'est ce qu'il offrait, alors cela me conviendrait. Je voulais tout ce qu'il avait à donner.

Il pencha la tête sur le côté. « Tu es une petite sauvage, n'est-ce-pas ? » Sa voix transpirait l'admiration, tout comme son regard. On aurait dit que je le fascinais.

« Vraiment ? » S'il savait à quel point ma vie était ennuyeuse. Celle d'une étudiante en ingénierie aimant les pâtisseries. Du genre à rendre visite à sa demi-sœur du Montana pour penser à autre chose et prendre du bon temps, tant sa vie à Los Angeles était ennuyeuse.

Mais en cet instant, j'avais envie d'être sauvage avec Colton Wolf. D'être sauvage dans un motel avec un inconnu, en sécurité. J'allais mettre un point d'honneur à en profiter qu maximum.

Je lui fis mon regard le plus lascif et remontai mes seins sur son visage en guise d'invitation. « Tu as un préservatif ? »

Mon expérience était peut-être limitée mais je n'étais pas stupide. Les aventures au milieu du Montana ne devaient pas mener à des conséquences indésirables, même si l'inconnu en question était Colton Wolf. Et avec Audrey travaillant en gynécologie obstétrique, elle me tuerait si je n'appliquais pas ses principes.

« Je te protégerai, ma douce. Ne t'inquiète pas pour ça. »

Je te protégerai.

Un choix de mot intéressant. Il n'avait pas dit. *Je porterai une protection.* Ou *oui, j'ai des capotes.* Comme si c'était sa fierté de me protéger de son sperme ou des maladies ou de quoi que ce soit qui se mettrait entre nous.

Cela avait du sens. Colton était un héros militaire. Il avait dédié sa vie à l'Amérique. Il devait certainement glorifier toute occasion de protéger une femme. Et cela me conforta encore de ne pas lui avoir dit mon nom. C'était un homme d'honneur, même s'il me plaquait conte le lit. Sa vie était régie par des règles et des codes. Je doutais qu'il se montre aussi enclin à passer la nuit dans une chambre de motel avec moi s'il savait que j'étais la future belle-sœur de Boyd.

Cela aurait sans aucun doute interféré avec ses projets de nuit torride sans lendemain.

Il mordilla mon téton avant de le suçoter jusqu'à sentir la réponse en moi. Qu'allait-il faire de moi ? Une pluie d'images torrides envahit mes pensées. Allait-il m'attacher ? Me mettre à genou pour lui sucer la bite ? J'aimais qu'il soit aux commandes. Rien à voir avec les tentatives maladroites auxquelles j'étais habituée. Il n'avait rien d'un lycéen ou d'un étudiant. C'était un homme.

Je remuai mes poignets entre ses mains. Pas pour me libérer, mais pour sentir sa force. « Je parie que tu sais faire les nœuds, » observai-je.

« Des nœuds ? ses lèvres s'agitèrent et il me regarda fixement. Tu veux que je t'attache, jeune fille ? »

Cela me donnait autant envie de l'exaucer que cela me terrorisait. Et si je détestais ça, et si j'étais prise au piège ? Et s'il me faisait du mal ?

Mais je voulais aussi le laisser faire. Il y avait une certaine liberté à le laisser mener la danse.

« Je veux… » Humm. Je ne savais pas ce que je voulais, sinon une expérience sexuelle comme je n'en avais jamais connue.

Il pencha la tête sur mon autre téton et passa sa langue dessus. « Qu'est-ce-que tu veux ma douce ?

« Hum... »

« Je sais ce que tu aimes, » dit Colton, comme s'il venait de parvenir à une conclusion.

Dieu merci. Je me sentais soulagée mais sans savoir pourquoi. « Vraiment ? »

Il me roula sur le ventre avant de soulever mes hanches, et de me fesser dans un bruit retentissant.

« Aïe ! » protestai-je en remuant mes hanches. Cela picotait, mais de manière agréable. Un goût de reviens-y.

Il passa sa main sur mes chairs contrariées, apaisant les picotements sur son passage, avant de recommencer.

« Hmmm. » Il glissa entre mes jambes et j'en conclus que mes lèvres étaient inondées. « Ça t'excite tellement jeune fille. Ton derrière est tout rose des fessées que je lui ai donné. Je dirais que tu apprécies une pointe de douleur dans ton plaisir. »

Il répéta son geste sur mon autre fesse, mais moins fort.

« Hmmm, » confirmai-je en remuant des hanches. On ne m'avait encore jamais fessée auparavant. Jamais. Je n'aurais jamais suspecté que cela pourrait m'exciter.

Une autre fessée plus tendue. « Avec des mots, ma douce. Tu en veux encore ? »

Je secouai mon derrière. « Oui. »

« C'est bien. »

Il déversa de douces fessées sur mon derrière—du genre plaisantes, pas trop fortes, mais juste assez pour me faire haleter. Et plus mon cul rougissait, plus la chaleur montait en moi. Je savais que je débordais sur ses doigts, je n'avais jamais été aussi mouillée. Rien dans mes expériences, somme toute assez retreintes, ou solitaires ne m'avait fait autant perdre pied. Je brûlais fr partout, et rien, rien ne pourrait éteindre cet incendie hormis sa queue à l'intérieur de moi. Je le savais.

« Je—je t'en prie, » haletai-je en me redressant sur mes avant-bras. Je frottai mes tétons excités contre les draps.

Il frappa un peu plus fort. « De quoi as-tu besoin, jeune fille ? »

« Je te veux en moi, » implorai-je avant de me mordre la lèvre. J'étais proche de jouir rien qu'en le disant.

Il rit dans le noir. « Et je ne voudrais me retrouver nulle part ailleurs, ma douce. » Il glissa ses doigts le long de mes lèvres gonflées, et j'en gémis, puis il me fessa encore.

Je regardai par-dessus mon épaule quand il libéra son sexe en érection. Oh. Mon. Dieu.

« Tu aimes ce que tu vois ? » demanda-t-il en agrippant fermement la base de sa queue. Il était long et gros, la tête semblait briller d'un rouge vif. Une goutte de fluide clair perlait en son extrémité et je me léchai les lèvres.

Mince. Tout ça rentrerait-il en moi ? Pouvais-je prendre une telle longueur ? Il éventra un préservatif entre ses dents et l'enroula, encore, et encore.

Devais-je l'informer que j'étais étroite ? Non, je ne voulais pas qu'il découvre ainsi mon inexpérience. Je craignis un instant qu'il ne soit du genre à profiter de mon innocence, encore que, après ce qu'il avait fait à ma chatte, j'étais loin d'être innocente.

Ma chatte se resserra. Peut-être que ce ne serait pas si terrible. Après tout, j'avais utilisé mon vibrateur récemment et j'étais assez mouillée pour qu'il glisse en moi.

Il amena la tête de son énorme queue entre mes lèvres débordantes et je gémis de ce contact.

Oui. C'est exactement ce dont j'avais besoin.

Peu importe sa taille hors normes.

Il rassembla mes cheveux mouillés dans sa main et tira dessus pour me faire tourner la tête. « Je veux voir ton visage. »

Oh, mon dieu. Il savait manier les paroles salaces.

De son autre main, il me donna encore une fessée.

« Ohh, » gémis-je en me resserrant sur lui avant de soupirer quand la chaleur se diffusa.

Il fit entrer la pointe. J'écarquillai les yeux tant il m'ouvrait en deux. Il était gros, mais c'était aussi tellement bon. Comme une délicieuse satisfaction. J'arquai le dos et poussai sur mes hanches pour le prendre plus loin.

« Petite gourmande. Tu es bien serrée, cela dit. Je vais y aller doucement pour commencer. » Il avança d'un centimètre, puis d'un autre avant de reculer.

Je poussai un gémissement tout en soupirant. Tellement bon. Les parois de ma féminité tremblaient, s'ajustant de le prendre aussi loin. Mon vibrateur n'avait rien à voir avec ce monstre.

Colton poussa un grognement en me pénétrant encore. D'une main, il chassa quelques cheveux de mon visage. « Je te prendrai si fort quand je serai rentré. »

Ses mots m'invitaient à le prendre toujours plus loin.

Il jura en agrippant mes hanches de ses deux mains, jusqu'à se retrouver complètement en moi.

J'haletai, mes yeux roulant dans leurs orbites tant le plaisir de le prendre tout entier était intense. « Oh ! »

Il resta en place, enfoui jusqu'à la garde et roula doucement ses hanches. Je sentis le tissu de son pantalon contre mes fesses et l'idée que je sois la seule complètement nue m'excita d'autant plus. Comme s'il ne pouvait attendre une seconde de plus pour se déshabiller.

« Hmmm. »

Il se mit à effectuer de micromouvements de hanches, ses hanches rebondissant à chaque fois contre mes fesses, ses couilles heurtant mon clitoris. « Oh mon dieu ! »

Il ralentit mais changea d'amplitude. Pas encore des gestes complets.

Je serrai les draps dans mes petits poings, écartant encore les genoux tout en me cambrant.

Il se pencha sur moi, posant ses mains près de ma tête pour m'embrasser au milieu du dos. « Tu es la plus délicieuse des petites—femmes, grogna-t-il d'un air approbateur. Tu aimes te prendre ma grosse queue ? »

« Oh mon dieu, oui. »

Il se redressa, agrippa mes hanches et me pilonna.

L'intérieur de mes cuisses tremblait déjà. Mon cerveau s'était mis en pause. Je baissai les armes, laissant les sensations m'envahir. La sensation de sa queue me remplissant, m'écartant. Ses doigts se raidissant. Le bruit rauque de sa respiration faisant écho à mes propres cris. Le claquement de ses cuisses contre les miennes, le picotement de ses poils contre ma peau. Son odeur, propre et masculine, et bien sûr, celle du sexe.

« Un peu plus fort ? » susurra Colton.

« *Oui.* »

Je répondrais donc ainsi à chacune de ses questions. Tant qu'il m'en donnait toujours plus.

Il plongea en moi plus fort, manquant de projeter ma tête contre le bois de lit. Il me prit une épaule pour me protéger de ses mouvements, me pilonnant avec sauvagerie. C'était bon, tellement bon.

Cent fois meilleur que mon fondant au chocolat préféré.

Des étoiles dansaient devant mes yeux. J'étais sur le point de terminer cette course endiablée quand il ralentit avant de se retirer.

« Non, gémis-je. Colton, je t'en prie. »

Il me retourna et attrapa mes chevilles pour les placer sur ses épaules. Il était si grand que mes fesses ne touchaient plus le lit. Impossible de faire autre chose que prendre ce qu'il me donnait. Je me contentai de prendre en moi chacun de ses centimètres. Quand il me pénétra dans cette position, je manquai de hurler. Ses gestes devinrent encore plus intenses. Encore meilleurs.

Je pouvais basculer, à tout moment.

« Caresse-toi les seins, » grogna-t-il. Sa voix était profonde et rauque.

Je les pris dans mes mains. « Comme ça ? »

Il acquiesça. « Joue avec. »

Je gémis en pinçant mes propres tétons, le faisant plus pour lui que pour moi, mais récoltant de divines sensations au passage.

« Si tu continues de faire ces petits bruits, jeune fille, je ne tiendrai pas longtemps. »

« Alors jouis, Colton, » lui dis-je en regardant ses muscles se tendre et se détendre. Il avait la mâchoire contractée, comme s'il serrait les dents. J'étais déjà tellement prête, et je ne touchais même pas mon clitoris. Je n'avais jamais réussi à jouir sans cette stimulation. Mais encore une fois, jamais je n'avais été prise par une queue aussi monstrueuse.

Ses yeux reprirent une teinte ambrée à la lumière de la lune, et il poussa un grognement quasi animal. « Putain ! » Il me pilonna encore plus fort, agitant le lit qui heurtait le mur dans un bruit sourd. C'était aussi douloureux que divin.

Les occupants de la pièce à côté se mirent à cogner contre le mur et je ris doucement quand Colton grogna de plus belle. Il écarta mes jambes entre lesquelles il vint se loger. Je crains un instant qu'il ne me coupe en deux. Le plaisir déforma son visage. Un dernier mouvement, puis un autre. Un troisième. Et au quatrième, il me pénétra si fort et si longtemps que je jouis en même temps, comme si j'avais attendu ce moment précis. Et d'un point de vue purement biologique, c'est ce que mon corps avait dû faire.

J'enroulai mes jambes autour de sa taille et frottai mon clitoris de haut en bas tandis que les muscles de ma féminité se tendaient de plaisir, comme pour le garder en moi le plus longtemps possible.

Oh. Mon. Dieu.

La femme en moi était changée pour toujours. Ou peut-être que j'étais juste devenue une femme.

Je savais seulement que plus rien ne serait jamais aussi bon que le sexe avec Colton Wolf. J'arrivais à peine à reprendre mon souffle. Mon derrière picotait contre les draps, ma chatte venait de se faire prendre. J'avais mal partout mais que c'était bon !

Je ne pus me retenir de rire.

C'était *ça* qui me manquait ! Il était toujours en moi, et j'en voulais encore. Pourrais-je seulement me passer de ce qu'il semblait le seul à pouvoir m'offrir ?

————

COLTON

COMPAGNE.

Compagne.

Mon loup continuait de susurrer pendant que je reprenais mon souffle, tandis que l'aveuglément induit par mon orgasme se dissipait.

Ouais, je sais pépère. J'y travaille. Je ne voulais pas encore la marquer, pas avant d'avoir son nom.

Ou son consentement. Elle aimait peut-être que je sois

aux commandes, mais elle l'avait bien voulu. Que je la revendique ce soir par contre ?

Probablement pas.

Je me penchai pour savourer sa bouche, ma queue toujours enfouie en elle. Je me retirai et donnai encore un puissant coup de rein.

Putain, je ne saurais jamais m'arrêter. Elle devait être attendrie par ce que je venais de lui donner, mais on aurait dit que je ne pouvais pas m'en empêcher. Mes yeux roulaient vers l'arrière de ma tête à chaque mouvement de plaisir. Ses effluves de vanille et de cannelle s'immisçaient encore dans mes narines, faisant perdre pied à mon cerveau. A mon corps. Son parfum persistant sur ma langue... merde.

Je regardai ma petite compagne. Elle avait les yeux fermés, mais le coin de sa bouche s'agitait. Ses cheveux blonds s'emmêlaient autour de son cou. Elle avait l'air bien baisée—putain, j'avais toujours ma bite au fond d'elle. Repue. Mon loup était ravi que je l'aie conquise de cette manière. Et moi aussi.

Elle pensait n'être qu'une aventure pourtant. Une petite distraction en attendant la fin de l'orage. Et bien elle se trompait. Il faudrait que je l'en convainque rapidement. Mais lui dire que j'étais son compagnon ne serait pas la meilleure manière. Demain, je déterminerais sa destination et l'y suivrais. Je m'assurerais qu'elle arrive à bon port avant de revenir la chercher pour notre premier rendez-vous.

Putain, elle pourrait même m'accompagner au mariage de Boyd. Mieux, elle allait m'accompagner.

Je souris à cette idée. Rien ne me ferait plus plaisir que de présenter ma compagne à mes frères.

Mais en cet instant, je devais prendre soin d'elle et de ses désirs. Et tous ne feraient pas forcément appel à ma queue.

Je mis fin à notre baiser et me retirai d'elle. Bien que je n'en aie pas la moindre envie, il fallait que je me débarrasse du préservatif.

« Je reviens tout de suite, ma douce. »

Je me débarrassai de l'armure de latex avant de déboucher la bouteille d'eau achetée à la réception et de la lui apporter.

Elle s'assit, tellement belle avec ses yeux dans le vague et ses lèvres gonflées, complètement désinhibée. Ses fesses étaient rougies par le sexe, ses tétons devenus de petits points durs à force d'être suçotés. Ma barbe naissante avait laissé des traces sur sa peau soyeuse. Je ne distinguais pas l'intérieur de ses cuisses, mais je savais que j'y avais laissé la marque de ma queue.

Elle but avidement et je m'en voulus de ne pas lui en avoir proposé auparavant.

« De quoi d'autre as-tu besoin, ma belle ? Tu as faim ? Tu veux une boisson chaude ? »

Elle secoua la tête. « C'était... wahou. Je vais m'écrouler. »

Je tirai les couvertures et me glissai dans le lit avec elle. « Dors, jeune fille. Je te protège. Si tu te réveilles et que ta chatte a besoin d'attention, je serai ravi de prendre soin de toi. »

Elle roula contre ma poitrine et me laissa passer un bras autour d'elle. Une jambe entre les miennes et sa chatte appuyée contre ma cuisse. Merde, je bandais de nouveau.

Ses lèvres douces trouvèrent le creux de ma gorge et l'embrassèrent. « Merci, Colton. »

Je l'embrassai sur le dessus de la tête. Je me surpris moi-même. Après toutes ces années passées à satisfaire pléthore de conquêtes, je n'avais pris la peine de déposer de baiser sur la tête d'aucune d'elles. C'était une marque d'affection, pas sexuelle.

Mes bras se resserrèrent autour d'elle. Celle-ci était spéciale. Non, plus que spéciale. Elle était parfaite.

Elle était à moi.

Et elle le saurait bientôt.

4

MARINA

J'IGNORAIS ce qui me réveilla, mais je regardai autour de moi sans savoir ou j'étais. La pièce était sombre, éclairée par la seule lumière du dehors qui filtrait à travers les rideaux. Le motel. C'est le corps robuste sur lequel j'étais affalée comme une couverture qui me fit reprendre conscience en un éclair. Colton remua en-dessous de moi, sa peau chaude contre ma poitrine. Il bougea une jambe, ramenant celle que je chevauchais déjà contre ma féminité. J'étais bien irritée par notre précédente union, mais dans cette position, je me sentais déjà prête pour la revanche.

« Non. Arrête, » murmura-t-il, sa tête roulant sur le côté.

Je me soulevai de sa poitrine et le regardai. Je pouvais distinguer ses traits, la tension dans sa mâchoire. Je sentis son corps tout entier se raidir dans son sommeil.

« Non, » dit-il encore, sa voix tranchant la tranquillité nocturne.

Je passai ma main sur lui, apaisant chaque partie de son corps à ma portée. « Colton, » murmurai-je. Je répétai comme il ne répondait pas.

Et soudain, il cligna des yeux. « Hein ? » dit-il d'une voix rocailleuse. Sa main qui reposait sur le bas de mon dos vint empoigner mes fesses.

« Je crois que tu as fait un cauchemar. »

De son autre main, il se frotta le visage. « Pardon. »

Je l'embrassai sur le torse, sentis sa chaleur, les battements de son cœur sous mes lèvres. « Tu veux me raconter ? »

Il soupira si longuement que je craignis qu'il ne réponde pas. « Trop de missions. En Afghanistan. »

Je ne pouvais qu'imaginer ce qu'il avait vu, les horreurs qu'il avait affrontées. Je l'avais vu nu et il n'avait pourtant pas la moindre cicatrice. Il s'en était tiré physiquement, mais psychologiquement...

« Merci pour ton sacrifice »

Il nous retourna et je me retrouvai sur le dos, lui planant au-dessus de moi. Je distinguais à peine son visage, mais il vint me caresser les cheveux avec sa paume. « Tu me remercies ? De quoi ? D'avoir fait mon travail ou bien... » Il roula des hanches pour appuyer sa très grosse queue contre ma cuisse. « Ou bien pour tout à l'heure. »

Je ris doucement, contente de l'avoir tirée de son mauvais rêve. Je connaissais quelques bribes d'informations sur lui—que c'était un Béret Vert et un militaire de carrière. Il était le cadet d'une fratrie de trois, mais je n'en savais pas plus. Bien que j'aie voulu avoir une aventure avec lui, il ne se limitait pas à un corps de rêve et des talents hors normes sous la couette.

Bien qu'il soit évident qu'il ait envie de moi, il semblait utiliser sa queue comme une protection. J'avais clairement envie de plus avec lui. Il était tellement grand et fort, mais il m'avait par inadvertance laissé entrevoir son côté vulnérable. Un côté que peu de gens devaient lui connaitre.

« Tu as passé combien de temps dans l'armée ? »

Sa bouche descendit le long de mon cou qu'il embrassa et mordilla. Penchant la tête, je lui laissai plus d'espace.

« Depuis mes dix-huit ans, » murmura-t-il. Il était multitâche, capable de répondre à ma question en même temps qu'il m'excitait.

« Militaire de carrière dans ce cas-là. » Difficile de se concentrer alors qu'il léchait la base de mon cou.

« Je suis en permission pour une semaine. Je retourne en Caroline du Nord tout de suite après. »

Je passai mes mains dans ses cheveux courts pendant qu'il déviait sur ma clavicule. « Pourtant, les cauchemars te poursuivent où que tu ailles. »

Il marqua une pause, errant sur mon téton, avant de lever la tête. « Je suis sûr que tu as aussi des souvenirs qui te collent à la peau. Tout le monde en a. »

Je me léchai les lèvres et acquiesçai. Je repensai à ma vie. Je n'avais pas à me plaindre. Certes, mes parents étaient une catastrophe, et divorcés. Mon père avait brillé par son absence pendant la plus grande partie de ma vie, mais il payait la fac, ce qui était une bénédiction. Encore que, à en croire le bureau des finances, il avait oublié le paiement de ce trimestre. Pour lui, l'argent remplaçait toute forme de relation. C'était facile. Deux chèques par an et il m'oubliait aussitôt.

Son seul bon côté était de m'avoir donné une demi-sœur. Incroyable, mais j'avais appris l'existence d'Audrey en faisant un test ADN. Une fois contactée, nous étions devenues les meilleures amies du monde, malgré nos neuf ans d'écart. Elle était enchantée de m'avoir comme demoiselle d'honneur. Et connaissant mes talents pour la pâtisserie, elle m'avait demandée de lui confectionner son gâteau de mariage.

Mais en cet instant précis, j'étais au lit avec un homme aussi séduisant que généreux.

Et pourtant j'avais des problèmes. Qui n'en avait pas ?

« Tu as raison. »

« Qu'est-ce-qui te réveille en pleine nuit, jeune fille ? » demanda-t-il.

Je caressai ses cheveux courts d'un air absent.

« Le sentiment de ne pas en faire assez, » répondis-je. Les mots m'étaient venus trop facilement. Peut-être parce qu'ils étaient prononcés dans une chambre de motel au milieu de nulle part. Que cette nuit constituait une bulle, un cocon préservé de la vraie vie. « Tu as entendu ces gens qui dans leurs rêves se retrouvent nus en public ? Ou qui arrivent à un examen sans l'avoir révisé ? »

Dans l'obscurité, je vis la lèvre de Colton remuer. « Bien sûr. »

« Eh bien, je fais ce genre de rêves, tout le temps. Mon père est là, mais ne m'accorde aucune attention, il n'y en a que pour les autres. Ma meilleure amie, un autre enfant, n'importe lequel. Ou sa dernière conquête. Quelqu'un qu'il estime plus que moi. » Je me forçai à rire. « Je sais, bla bla bla... Rien à voir avec ce que tu as enduré. Ce n'est pas une question de vie ou de mort, ni de bien ou de mal. »

« La douleur est universelle, dit doucement Colton en caressant mon épaule de ses lèvres. Comparer ne sert à rien. Alors comme ça ton père est un connard ? »

Je ris pour de bon cette fois-ci. « On peut dire ça. Pas du genre méchant ou violent, mais je n'ai jamais réussi à capter son attention, tu vois ? Mes parents ont divorcé. Ma mère s'est tuée à la tâche pour m'élever et me soutenir alors que

cette aventure le reste de la semaine. J'avais eu ce que je voulais. Des orgasmes incroyables. Alors pourquoi l'idée qu'il ne veuille plus me voir me pesait-elle autant sur la conscience ?

Je sautai du lit. En fait, ce serait peut-être mieux de prendre la fuite, plus sûr. Le quitter avant qu'il ne me quitte. Il me faudrait quelques heures pour m'en remettre.

Et quand Colton me retrouverait au ranch, il me sermonnerait pour ça. Mais je n'avais pas envie de l'entendre maintenant.

Oui, c'est certainement la peur qui parlait, mais je n'avais aucune expérience en matière d'aventures d'un soir et leurs conséquences. Surtout quand il comprendrait que je savais qui il était depuis le début, et que j'en avais tiré avantage. La plupart des hommes s'en moqueraient d'avoir été utilisés de la sorte, mais Colton n'était pas juste *un homme*. Il allait devenir le beau-frère d'Audrey, et je serais amenée à le revoir tout le reste de ma vie.

Je trouvai mes vêtements sur le radiateur où il avait dû les mettre à sécher la nuit dernière. Colton était parfait. Je me sentis lâche de m'enfuir. Je ne m'enfuyais pas vraiment. C'était un coup de sécurité. Il me reverrait dans quelques heures au ranch, et il me faudrait y voir clair d'ici là.

J'enfilai mon t-shirt et mon legging, attrapai ma valise et filai par la porte de la chambre, espérant ne pas faire de grosse bêtise.

A tout à l'heure, cowboy.

———

COLTON

. . .

JE SOURIS en étendant du bruit dans la chambre. Ma petite compagne était réveillée. J'avais émergé comme d'habitude à cinq heures pour l'entraînement, mon corps tellement rompu à cet horaire qu'il était impossible d'en changer. Malgré le décalage horaire. Mais je ne m'étais pas levé pour courir mes huit kilomètres habituels. Oh non. J'étais resté éveillé à ses côtés jusqu'au lever du soleil avant de quitter le lit. J'avais craint de la réveiller mais elle dormait aussi profondément que paisiblement. Je le savais, n'ayant dormi que d'un œil pour que mon loup puisse veiller sur elle. Et surtout, il était difficile de dormir avec une érection, même après l'avoir prise deux fois.

Mon loup avait besoin de savoir qu'elle n'irait nulle part. Que personne ne lui ferait de mal. Qu'elle était dans mes bras. Et pour la première fois depuis… toujours, j'étais calme. Pas de nervosité. Pas de panique à l'idée ne pas la trouver.

Cette surprotection se calmerait après l'avoir revendiquée et marquée, mais peu importe si ce n'était pas le cas. Protéger ma compagne faisait partie de mon honneur. Et si cela signifiait de passer des nuits blanches, je signerais sur le champ. Une minute, pas besoin de signer, j'étais déjà à pied d'œuvre.

Je terminai sous la douche et me séchai, marquant une pause en entendant le cliquetis de la porte. Mon ouïe de loup l'avait perçu malgré la ventilation. Elle était certainement allée chercher quelque chose dans sa voiture.

Malgré tout, cette anxiété sous-jacente qui m'avait tenu éveillé toute la nuit me poussa à ouvrir la porte de la salle de bain pour jeter un œil.

Et c'est ce que je fis.

Pour la voir s'éloigner.

Aargh, non, non. Putain, non.

Laissant la serviette, je sautai dans mes vêtements, ramassai mes affaires et filai vers mon pickup, mais sa voiture était déjà hors de ma vue.

Putain de merde. Ma compagne venait de se faire la malle et je ne connaissais même pas son nom !

Je pris une grande inspiration et soufflai doucement. L'air du matin était frais, la pluie s'était arrêtée, laissant un grand ciel bleu et une douce brise. Mais en moi, la tempête se déchainait.

Non, tout irait bien. Je savais dans quelle direction elle allait. Je pouvais l'arrêter. Ayant jeté mes affaires sur le siège passager, je montai à bord et lançai le moteur.

Je la retrouverais. Et quand ce serait le cas, je ne relâcherais pas toute l'agressivité et la pression que mon loup ressentait. Je ne lui ferais pas peur, pourtant ces fesses allaient devenir bien roses.

Mais avant cela, il fallait que je la retrouve.

Je retournai sur les lieux de notre rencontre—là où la route avait été emportée par les flots. La rivière en furie avait disparu et je traversai facilement. La borne sur laquelle elle était perchée attira mon regard, me causant un pincement dans a poitrine. Mon âme-sœur était là, quelque part. Seule. Sans moi.

Je la retrouverais. Il le fallait.

5

Marina

JE ME GARAI devant la maison du ranch et m'extirpai de la voiture de location, vêtue du fouillis de mes vêtements de la veille. Je savais qu'Audrey et Boyd avaient leur propre maison quelque part sur la propriété. Audrey m'avait parlé des travaux qu'ils y entreprenaient, mais j'ignorais où se trouvait leur nid d'amour. A en juger par la longueur de l'allée, le ranch était vaste, je me garai donc devant la porte principale, espérant qu'on pourrait me diriger.

La porte extérieure s'ouvrit brusquement et ma demi-sœur aux cheveux sombres bondit pour m'accueillir. « Enfin ! » Elle me serra chaleureusement contre elle. « Ça a dû être tellement stressant d'être prise en pleine tempête. »

Je n'avais pas vu Audrey depuis la semaine passée ensemble à Noël. Ça avait été bien trop long, surtout qu'elle avait trouvé un mari entre temps.

« Ça s'est bien passé finalement, » plaisantai-je, le

menton plaqué contre son épaule. Elle était toute en courbes douces et j'étais un garçon manqué rachitique en comparaison.

Je n'avais appris son existence qu'il y a un an, mais nous avions tissé des liens très rapidement. Nous ne nous ressemblions en rien, mais je ne laisserais personne me dire que nous n'étions pas sœurs. Pas alors qu'un kit ADN l'avait révélé. On aurait dit que je la connaissais depuis toujours, comme si nos destins attendaient de se croiser.

Nous avions toutes les deux été élevées comme des filles uniques. Elle par une mère célibataire, mon père n'ayant joué pour elle qu'un rôle de géniteur. Je rêvais d'avoir un frère ou une sœur, avec qui tout partager. J'avais passé toute mon enfance à me dire qu'il manquait quelqu'un à ma vie, mais j'avais mis ça sur le compte de mon père absent. J'ignorais encore que c'était Audrey qui me manquait.

Quand j'avais appris l'existence d'une demi-sœur à Chicago, j'avais fêté cette nouvelle sans même l'avoir appelée. Je sentais que nous serions les meilleures amies, et c'était le cas. Nous ne pouvions pas nous voir souvent, certes, moi à Los Angeles et elle médecin dans le Montana. Et pourtant, nous parlions souvent au téléphone. Et pour moi, la seule conscience de son existence avait changé beaucoup de choses.

« Attends... » Audrey recula pour scruter mon visage. « Comment ça, 'bien passé finalement' ? »

Je sentis une vague chaleur affluer dans mon cou, comme si elle était capable de lire dans mes yeux les signes de ma nuit de folie.

« Je te raconterai plus tard, » dis-je en voyant arriver un géant aux allures de Colton se profiler derrière Audrey.

Elle me lâcha finalement et me serra la main. « Je suis

tellement contente que tu sois là. Marina, je te présente Boyd. »

Regardant par-dessus son épaule, je la vis rayonner de bonheur. Elle brillait comme entourée d'une aura.

L'homme immense ressemblait en tous points aux photos que j'avais vues en ligne. En mieux encore. Séduisant, même si son frère l'était davantage. Refoulant la vague de pensées qui déferlait sur mon esprit, je me jetai dans ses bras pour le serrer aussi fort qu'Audrey l'avait fait avec moi. « Boyd ! Je suis ravie de te rencontrer Audrey m'a *tellement* parlé de toi. »

Il laissa échapper un petit rire surpris, conséquence certaine de mon exubérance, et enroula un bras autour de ma taille. « Moi aussi, » dit-il en remettant son chapeau de cowboy. Il marqua une pause, prit une grande inspiration et fronça les sourcils. Son regard me fit rougir, bien que je n'aurais su dire pourquoi. Enfin, il dit, « Laisse-moi porter ta valise. »

« Merci, elle est sur la banquette arrière. Elle ne rentrait pas dans le coffre. »

Audrey m'entoura de son bras. « Entre. On t'a installée dans la grande maison, Boyd et moi n'avons qu'une chambre, et donc qu'un seul lit. »

« Exact, et vous risquez de vous en servir. » Je papillonnai des paupières en pensant à leurs ébats.

« C'est exact, » rit Audrey. C'était étrange de voir ma grande sœur si sérieuse aussi à l'aise. Elle avait toujours été chaleureuse, mais elle avait le cœur léger, et cela se sentait. C'était certainement l'effet d'un champion de rodéo sur une femme. Et l'amour. Je ne devrais pas occulter cet aspect-là. Audrey était persuadée que Boyd était un coureur, mais il lui avait prouvé le contraire en étant prêt à s'engager.

Elle me guida dans les couloirs tentaculaires de la

maison vers ma chambre, qui avait une vue imprenable sur la montagne. Des murs crème, des finitions en bois teint, un lit en laiton et un couvre-lit cousu main achevaient de rendre la pièce parfaite.

Boyd entra dans la pièce et déposa ma valise sur ce qui ressemblait à une vieille malle. « Je te laisse ta sœur pendant la journée, mais la nuit, elle est à moi. » Il sourit sans une once de pudeur.

Audrey roula des yeux.

« Ça me va, » répondis-je à son attention.

« Je vous laisse vous retrouver, dit-il. Je te présenterai Rob et les employés du ranch quand ils auront fini leur journée. Colton, qui est en permission, devrait arriver d'une minute à l'autre. Lui et Rob dormiront dans la maison avec toi. Les employés sont installés dans le dortoir au bout de l'allée. »

« Tes frères, c'est ça ? » J'essayai d'ignorer les bonds de mon cœur à la mention du nom de Colton.

J'avais déjà tellement hâte de le revoir. Que penserait-il quand il m'apercevrait ici ?

Boyd acquiesça. « C'est exact. Colton a envoyé un message hier pour dire qu'il avait atterri mais je ne l'ai pas encore vu. Il a probablement été pris dans la tourmente comme toi. Il ferait mieux de se dépêcher parce que je vais lui botter les fesses s'il manque mon mariage. » Boyd fit une grimace à Audrey et je fondis instantanément. J'étais si heureuse pour elle tant son futur mari était charmant et séduisant. Pas étonnant qu'elle se soit demandé si elle pouvait vraiment lui faire confiance. Il était pratiquement trop beau pour être vrai.

Mais encore une fois, il en allait de même pour son frère. D'une manière plus masculine, plus autoritaire. Plus séduisant, mais je n'allais pas agacer son ego en le lui disant.

Ni même avouer que je connaissais Colton, dans le sens biblique du terme.

« Bien, il me reste quelques corvées à faire, » dit Boyd d'une voix trainante et en faisant un nouveau clin d'œil à sa fiancée. Trop mignon.

« Gaaah, je suis excitée comme une puce pour vous deux, » glapis-je une fois qu'il fut sorti: Audrey le regarda s'éloigner elle aussi, abasourdie par la performance qu'il venait de nous offrir.

« Tu veux te prendre une douche ? Te changer ? » demanda Audrey quand il fut hors de portée.

« En fait, je me sentirais mieux si je pouvais commencer ton gâteau de mariage. Je suis à la bourre comme je ne suis pas arrivée hier soir comme prévu. Je veux avoir le temps de le décorer, et cela risque d'être long, je ne suis pas une pro. »

« Tu es trop dure avec toi-même, d'après les photos que j'ai vues, les gâteaux d'anniversaire de tes amis semblaient tout droit sortis d'un pâtisserie. »

Je ris. « Cela ne veut pas dire que je ne mets pas deux fois plus de temps à les faire. »

« Tu sais que nous n'avons pas besoin de quelque chose de trop sophistiqué, n'est-ce-pas ? C'est un mariage à la ferme après tout. »

« A en juger par le futur marié et cet endroit ? C'est parfait. Peu importe le décorum, tu mérites un gâteau parfait. « J'espère juste que ton frigo sera assez grand. »

Il y a un frigo industriel au dortoir. J'ai demandé aux gars de faire de la place... et de ne pas le manger. »

« Problème réglé. » Je joignis les mains devant moi comme pour une prière. « Je t'en prie, laisse-moi péter les plombs. J'ai toujours rêvé de faire un gâteau de mariage. On dirait que mon rêve devient réalité, grâce à toi. »

« Eh bien, je suis la bienheureuse bénéficiaire de ce rêve, alors ça me va. Viens, je vais te montrer la cuisine. »

Elle remit ses lunettes sur son nez. « Elle est immense. Tu vas l'adorer. »

Je ne pus m'empêcher d'être excitée à l'idée de travailler sur le gâteau d'Audrey, dans une cuisine qui semblait incroyable.

« Laisse-moi prendre ma recette. »

Je la sortis de mon sac à main avant de suivre Audrey en bas des marches qui menaient droit vers la fabuleuse cuisine. Rien de tape-à-l'œil—pas de granite moderne ou d'acier inoxydable. Je savais que les parents Wolf étaient morts dans un accident de voiture quand Boyd avait douze ans. Je doutais que Rob, celui qui habitait le ranch à plein temps, y ait changé quoi que ce soit depuis. Peu importe. C'était aussi rustique que parfait, avec une immense table à l'ancienne qui serait tout indiquée pour assembler et décorer un gâteau. J'avais imaginé quatre étages de forme carrée avec un glaçage au beurre et des fleurs évasées qui rappelleraient le bouquet de la mariée.

« J'ai écrit à mon père que je venais passer le weekend pour ton mariage, » dis-je en espérant que cette nouvelle ne ferait pas l'effet d'une bombe. Je grimaçai un peu quand elle tourna de grands yeux ronds vers moi. « Je suis désolée. Ça va ? Pardon, j'ai dit *mon* père, mais je voulais dire *notre* père. C'est le tien aussi après tout. »

Elle secoua la tête. « C'est ton *père*. Je ne l'ai vu qu'une fois. Il n'a fait aucune tentative pour rester en contact, alors... »

Elle n'avait pas besoin d'en dire plus, elle se contenta d'appuyer sa hanche contre le plan de travail.

« Je comprends. » C'était le cas. Je ressentais un grand vide là où aurait dû se trouver l'amour paternel. Une déception. « J'ai grandi avec lui, et il n'essaye pas non plus de rester en contact avec moi. Ni même de payer la fac, dirait-on, marmonnai-je pour moi-même. Je pensais que ça l'intéresserait de te savoir avec moi... Peu importe. »

Elle haussa simplement les épaules, ayant manifestement dépassé le stade d'accorder une quelconque importance à un père qui n'avait brillé que par son absence toute sa vie. « Il n'a pas répondu. » Je soupirai ces derniers mots en la regardant.

Il était trop occupé avec sa propre vie pour remarquer quoi que soit dans celle de ses filles. Comme un mariage. J'aurai essayé. J'avais toujours essayé de garder le contact avec lui. Je réalisais aujourd'hui seulement que c'était peine perdue. Et encore plus après avoir rencontré Audrey, une fille, une vraie personne, avec laquelle il aurait pu vouloir tisser des liens.

Audrey rougit un peu—de déception ou de colère, difficile à déterminer. « Aucune importance, vraiment. Je ne l'ai jamais connu. On dirait que cela te peine plus que moi. » Elle se baissa vers un placard et en sortit des saladiers.

Elle s'occupa les mains en cherchant des verres doseurs, fouets et ingrédients. Cela prit un certain temps et je me souvins que ce n'était pas sa cuisine, elle n'avait jamais habité dans la grande maison.

Je me léchai les lèvres et lui fis de la place sur le comptoir pour qu'elle y dépose tout. « Ouais, et tu vois où cela m'a menée. »

« Ça t'a menée à préparer mon gâteau de mariage. » Elle tourna la tête vers le frigo ouvert et sourit. « Si tu veux faire carrière dans la pâtisserie, fonce. »

« Je me débrouille bien dans l'ingénierie, » dis-je pour ma défense après trois ans dans un cursus que je détestais.

« Bien sûr que oui. Tu es super intelligente. Mais ça te plait vraiment ? »

Je plissai les lèvres et haussai les épaules, incapable de l'admettre.

« Quel enthousiasme, répliqua-t-elle, en apportant la boite d'œufs. Tiens, je ne sais pas ce qu'il te faudra d'autre. J'achète mes gâteaux en pâtisserie, donc je ne te serai d'aucune aide. »

« Tu mets des enfants au monde. Tu n'as pas besoin de savoir faire des gâteaux. »

Elle pouffa de rire. « On pourrait penser que parce que je mets des enfants au monde, je saurais faire un gâteau. Mais non. »

Elle replaça ses longs cheveux derrière son oreille. Dans son jean et son joli t-shirt, elle faisait plus cowgirl que médecin. Elle avait déjà trouvé son cowboy et il ne lui manquait plus que les bottes.

Je tirai une chaise. « Viens t'asseoir et raconte-moi tout pendant que j'attaque. »

Elle s'assit avant de se redresser. « Café ? »

J'allai allumer le double four et elle se dirigea vers la cafetière pour s'en verser une tasse.

« Donne-moi tous les détails du mariage, » dis-je en me mettant au travail. Elle n'avait pas sorti de mixeur, et je doutais qu'elle sache seulement à quoi cela ressemblait. J'en trouvai donc un dans un placard.

Je l'écoutai me raconter que ce serait un petit mariage, peut-être une vingtaine de personnes. Elle avait invité quelques amies rencontrées à son travail. J'avais compris que la famille Wolf se limitait aux trois frères, mais une dizaine de personnes travaillaient au ranch, ainsi que quelques amis habitant plus loin dans les collines.

Quelques-uns s'étaient baptisés les Barn Cats et avaient

proposé de jouer de la musique bluegrass. De petits lampions seraient accrochés aux portes de la grange, et un simple déjeuner serait livré par un traiteur de la ville.

Cela me semblait parfait. Moi non plus, je ne voulais pas d'un grand mariage, peu encline à être le centre de l'attention. J'étais plus intéressée par le mari que par le mariage.

Cela me fit penser à Colton. Ma chatte avait eu un bon entrainement, non pas une mais deux fois. J'étais aussi fatiguée, bien que je ne regrettais pas notre session matinale.

J'attrapai moi aussi une tasse pour y verser un peu du breuvage brûlant. Colton ne s'était pas montré. Manifestement. Je commençai à me demander ce que je ferais à son arrivée. Si je faisais mine de ne pas le connaitre, s'emporterait-il ?

Je versai dans le bol du mixeur assez de beurre pour les trois couches et le transformai en crème mousseuse. Le vacarme de l'appareil ne permettait pas de parler beaucoup, alors je pesai le sucre et l'y ajoutai, laissant mon esprit vagabonder sur Colton. Ma première-fois au lycée, aussi rapide que déplaisante, m'avait laissée en manque et sans expérience.

Cela avait été résolu la nuit dernière. J'avais en moi une petite séductrice et je réalisais que je ne voulais pas la refouler. Mais c'était Colton dont ma chatte avait envie. De sa domination. Et même de sa main contre mes fesses nues.

J'ignorais seulement s'il en voulait plus ou pas, car j'avais perdu toute chance d'obtenir une réponse en quittant la chambre. La perspective d'une réponse négative me laissait trop exposée, trop vulnérable. Mes brèves aventures à la fac avaient confirmé à quel point j'étais ennuyeuse. Il était plus raisonnable de n'envisager Colton Wolf que pour une histoire sans lendemain.

Une histoire que je revivrais avec mon vibro le restant de mes jours.

En outre, c'était plus sûr. J'avais une vie à Los Angeles. Des projets. Il avait sa vie. L'armée. Des armes, des guerres et des manœuvres tactiques. Des affaires militaires qui comptaient plus qu'une nuit de fol amour dans un motel du Montana.

Nous ne pourrions jamais être plus qu'une aventure. Aussi intense que fugace.

Je n'avais aucunement besoin qu'il me désire...

Mais je me mentais à moi-même... C'est exactement ce que je recherchais.

 OLTON

Je traversai chaque petite ville entre le motel et le Ranch des Loups à la recherche de sa voiture. Heureusement, les villes étaient petites et les quadriller une à une était aisé avant de passer à la suivante. Sans succès, cela dit. Je n'avais d'autre choix que de rallier le ranch. Pour le moment.

Cela faisait presque deux ans que je n'étais pas rentré, et je scrutais d'éventuels changements, rien de flagrant. Un coup de peinture sur la maison. Des fleurs blanches plutôt que rouges sous le porche. Je vis au loin que la barrière du corral avait été remplacée.

Je sortis de mon camion et jetai mon sac sur l'épaule. C'était bon de rentrer chez soi, de fouler la terre compacte que je connaissais si bien. Le sentiment d'appartenance, une familiarité ancrée dans mon ADN. Mon loup était heureux ici… même s'il était en pétard à l'idée de ne pas savoir où se trouvait notre compagne.

Tout comme moi. Depuis que ma permission avait été validée—je devais encore décider de rempiler ou pas, comme mon contrat arrivait à son terme—je ne pensais plus qu'à rentrer, poser mes affaires, me transformer et courir. Non vagabonder, mais dans le seul but de renifler tout le Montana à la recherche de ma compagne. Et pas sous ma forme de loup.

Nom d'un chien.

Avant la nuit dernière, je n'avais aucune idée de qui elle était. Je n'en savais pas plus mais je savais qu'elle existait. Que notre connexion était parfaite. Douce.

Sauvage.

La douleur était encore pire maintenant. Mon loup et la folie de la lune me harcelaient. Je gravis les marches en jurant et franchis la porte. Enfant, j'aurais été accueilli par l'odeur de viande rôtie et par notre chien Charlie. Ma mère aurait été dans la cuisine, Boyd assis à la grande table à gouter ou faire ses devoirs. Rob aurait été dehors avec mon père, occupé à faire... des trucs d'alpha. Mais aujourd'hui pas d'odeur de viande au four, quelque chose de sucré. Mon loup s'assit et se concentra. Ma bite l'avait sentie aussi et je bandais instantanément, ce qui n'avait aucun sens.

Comme je me remettais en place, Boyd apparut dans le couloir. « Tu ne peux pas t'empêcher de jouer avec ta queue. »

Un sourire accompagnait son ton moqueur.

Il me serra fort en me donnant des tapes dans le dos. Il avait beau être mon petit frère, je lui rendais quelques centimètres. Je gagnerai toute bagarre contre lui, mais je préférais encore affronter un sniper plutôt que de monter sur des taureaux en furie comme il le faisait tous les jours pour gagner sa vie.

« Salut frangin. » Je lui tapai dans le dos aussi.

Impossible de ne pas sourire. Il avait l'air en forme. Sa rage et sa rébellion s'étaient effacées, balayées par une aura de satisfaction. « Et j'ai entendu dire que tu n'avais plus besoin d'astiquer la tienne. »

Il recula avec un clin d'œil. « Mais tout à fait. »

« Tu te prends pour Papi Brossard maintenant ? » demandai-je en reniflant l'air. J'aurais juré avoir senti ma compagne. Son odeur avait dû rester imprégnée dans mes vêtements. Je me souvins de son gout sur ma langue, mais c'était différent. Viscéral.

« Nan, les femmes préparent le gâteau de mariage. Elles y sont depuis deux heures et ça sent carrément bon. »

La folie de la lune me jouait clairement des tours si je confondais ma compagne avec un gâteau.

« Les femmes ? J'ai entendu que tu avais trouvé une compagne, pas deux. »

Il remit son chapeau sur sa tête. Dieu qu'il avait l'air heureux. Une puissante jalousie me traversa, mais je la refoulai immédiatement. Il n'était pas le seul frère Wolf à avoir trouvé son âme sœur. Il était en revanche le seul à savoir où se trouvait sa compagne. J'étais peut-être le plus grand et le plus sage, mais qui avait l'air d'un abruti ?

Moi.

« C'est Marina qui officie, » dit-il, et je me rendis compte que j'avais oublié de quoi il parlait. Ah ouais, le gâteau de mariage. « Et Audrey la surveille. Elle a peut-être passé quatre ans en fac de médecine, mais elle a du mal à faire bouillir de l'eau. »

« Qui est Marina ? »

« Sa petite sœur—demi-sœur, en fait—de Los Angeles. » Il renifla en écarquillant les yeux.

« Quoi ? » demandai-je.

Un petit sourire se dessina sur son visage. « Rien. Rien du tout. »

J'allais lui demander ce qu'il me cachait, mais la voix de Rob m'interrompit. « Hé, je croyais qu'ils allaient te larguer en parachute. »

Je me retournai quand il descendit les marches du porche. Il était suivi par deux employés du ranch et membres de la meute.

Levi et Clint.

Le trio était imposant. Ils n'avaient pas besoin de faire leurs exercices matinaux et des joggings de quinze kilomètres avec le paquetage sur le dos pour être de grands costauds. Ils avaient ici toute la place nécessaire pour se transformer et courir.

Putain, je réalisai à quel point tout ça m'avait manqué.

« Les compagnies aériennes n'aiment pas que j'ouvre la porte arrière, » répliquai-je alors que Rob s'approchait. « Mec, c'est un cheveu blanc ? »

Rob toucha ses tempes en roulant des yeux. « Salaud. »

« C'est bon de te voir. » C'était le cas. Mes frères d'armes n'étaient pas des frères de sang, contrairement à Rob et Boyd, et aux autres métamorphes du ranch. Ils connaissaient la vérité, ils connaissaient mon moi véritable. Sans filtres.

« On t'attendait hier soir, » dit Rob en me donnant une tape dans le dos, sa façon à lui de me montrer de l'affection. Il n'était pas du genre câlin.

La porte extérieure claqua derrière Levi. Je lui serrai la main ainsi qu'à Clint.

« L'orage a fait déborder un torrent sur la route 94. J'ai dû passer la nuit à Tremont. »

Boyd me regarda. Le matin-même, j'avais enfilé à la hâte les mêmes vêtements que la veille dans ma hâte de partir à la recherche de ma compagne. « Tu as dormi où ? Dans ton camion ? On dirait que tu as à peine fermé l'œil. »

Mon loup se gaussa intérieurement à la pensée de nos prouesses, avant de pleurer sa disparition. Elle. Putain, quel était son nom ? Pourquoi n'avais-je pas commencé par apprendre chaque détail sur elle ? Je m'étais montré arrogant, à penser que je la tenais. Et elle était partie. Putain, où était-elle ?

« Ouais, j'ai eu une déconvenue. »

Sous la forme d'un mètre cinquante-cinq de douceur ayant amadoué mon loup, vidé mes couilles et satisfait ma bite. Avant de prendre la fuite comme un taureau en furie.

Boyd grimaça.

« Un problème ? » demanda Rob, un sourcil dressé. C'était lui l'alpha désormais, mais il avait endossé le rôle à dix-huit ans à peine. Et pourtant, il savait manifester des émotions sous sa rudesse légendaire.

« Rien que je ne sache gérer. » Je la trouverais et lui rosirais les fesses pour m'avoir quitté. Ensuite, je la baiserais, par devant et par derrière pour lui montrer qui commandait. Ce n'était pas elle.

« Et nous qui pensions que tu préférais ton bac à sable géant à ta maison, » commenta Levi.

Je repensai à mon dernier déploiement en Afghanistan. Le climat désertique n'était pas bon pour moi. Impossible de me transformer et courir. Trop chaud, surtout sous ma fourrure.

« Je devais garder mes troupes en sécurité, » répondis-je. C'était vrai. J'avais meilleure ouïe, odorat, vue et je mourais plus difficilement. Toutes ces qualités m'avaient permis de gravir rapidement les échelons, mais sans que cela garantisse la sécurité de tous mes hommes. Et plus récemment, avec la folie de la lune, j'avais remis en cause mes propres compétences pour ce travail. Je ne voulais pas être un danger pour mon équipe et je me sentais plus comme une charge qu'un atout ces derniers temps.

« Tu te fais vieux. Il serait peut-être temps de laisser un d'autre sauver le monde ? » poursuivit Levi.

En pensant à mes hommes, je me sentis d'abord agacé que Levi pense que je puisse les abandonner. C'était mon rôle de les guider, quels que soient les ordres. Mais passé trente ans, je ne tenais plus en place pour d'autres raisons. Mon loup me faisait savoir qu'il était temps de trouver une compagne et de la revendiquer. Il voulait protéger sa promise. Faire des petits. Je n'avais pas l'âge de la retraite mais peut-être que quelqu'un d'autre pourrait reprendre le flambeau. Personne d'autre sur la base ne vivait avec un loup en lui.

« Peut-être, » répondis-je, sans être encore prêt à lui avouer que je pensais de même. Il était temps pour moi de décider de rempiler ou non, mais mon loup semblait avoir pris sa décision. Tout comme pour la femme de la veille. Ma compagne-mystère.

« Putain, mais qu'est-ce-vous faites encore là ? Viens que je te présente ma femme, » dit Boyd, avant de nous guider tous vers la cuisine.

L'odeur de vanille et de gâteau sucré s'amplifia en arrivant dans le couloir vers l'arrière de la maison. Maman voulait une immense cuisine et Papa avait exaucé son vœu. Un grand comptoir central, une immense table à l'ancienne et des chaises pour nous accueillir tous les cinq ainsi que les métamorphes du ranch. Il y avait même une cheminée pour les rudes hivers du Montana.

Maman et Papa nous avaient quittés il y a plus de quinze ans et cela devait faire longtemps que de tels parfums n'avaient plus rempli la maison. Certes, Rob cuisinait, mais il pas les gâteaux.

« Ma chérie, Colton est enfin arrivé. »

Boyd s'approcha d'une femme et déposa un baiser sur ses lèvres. Impossible de déterminer si elle était blonde ou brune, ou si elle avait des ailes de fée parce que je ne vis que l'autre femme qui s'affairait sur le comptoir avec une spatule à la main.

Elle.

L'odeur de ma compagne me parvint clairement maintenant. Elle avait été masquée par les pâtisseries cuisant au four, mais j'avais bandé comme un roc en entrant dans la cuisine. Elle était occupée à glacer un gâteau pendant que j'avais arpenté chaque rue à sa recherche.

« C'est une blague ? » grondai-je.

Tout le monde se figea et me regarda.

« Salut, » dit-elle, dans un murmure. Mon loup hurla. Je serrai les poings. Heureusement qu'il y avait un lourd plan de travail entre nous.

« Ha, je le savais, » dit Boyd en éclatant de rire.

« Comment as-tu su ? » demandai-je.

Il renifla.

Je levai la main pour le faire taire, au cas où il voudrait fourrer son nez dans mes affaires, qui ne le regardaient absolument pas. Je ne détournai pas les yeux d'elle. Marina.

Ma compagne était la petite sœur d'Audrey. Ce qui voulait dire...

« Tu savais qui j'étais, » lui dis-je.

J'étais au-delà de furieux.

Elle acquiesça en se mordant la lèvre. Elle portait les vêtements de la veille, tout comme moi. Ses cheveux étaient coiffés en chignon, et elle rougit dans la chaleur de la cuisine. Elle était parfaite. Tout entière. Ici. Et j'étais tellement en colère contre elle.

« Surprise ! » Elle feignit un sourire et haussa bizarrement les épaules.

« Hum, vous vous connaissez tous les deux ? » demanda Rob dans mon dos.

« C'est ma putain de comp—,» je m'interrompis comme j'ignorais si Marina savait ce que nous étions. Audrey le savait, mais se révéler aux humains était contraire aux règles de la meute. L'existence des métamorphes était un secret bien gardé. Audrey le savait dans la mesure où mon frère lui avait planté ses crocs dans le cou avant de la conquérir. Marina devrait être mise au parfum avant que ce ne soit mon tour, mais Audrey et Boyd n'étaient pas censés le lui avoir dit. « C'est ma putain de... »

Boyd rit en échangeant un regard incrédule avec Rob. « Wahou ? »

« Ta quoi ? » demanda Marina, les mains sur les hanches.

« Pourquoi ne pas avoir dit qui tu étais, jeune fille ? » j'essayai de changer de sujet.

Elle leva la tête. « Je n'étais pas sûre que vous n'ayez pas une règle interdisant de baiser les petites sœurs. »

« Euh... » commença Rob.

Audrey glapit.

Marina rougit. « Je pensais qu'un coup d'un soir passerait mieux avec toi. »

« Parce que tu penses que j'ai l'habitude de m'envoyer des inconnues dans une chambre d'hôtel ? » J'avais grogné, même si c'était bien moi qui l'y avait conduite.

« Je suis sûre que tu as déjà fait quelque chose d'approchant, » répliqua-t-elle.

« Tu savais qui j'étais. » Cela me sidérait que ce soit elle qui ait joué les séductrices. Elle avait beau être jeune et inexpérimentée, elle savait ce qu'elle faisait la nuit dernière. Une partie de moi était même soulagée qu'elle n'ait pas couché avec un inconnu, mais une autre était furieuse d'avoir été utilisé.

Pour du sexe.

Par ma propre âme sœur.

Ma petite *humaine* qui ne savait pas qu'elle l'était.

« Dites, » essaya Rob.

« Tu as couché avec moi sans même connaitre mon nom, » ajouta-t-elle.

« Tu as couché avec Colton ? » demanda Audrey mais personne ne la regarda.

« Je t'ai dit hier soir que ce n'était pas nécessaire, » dis-je à Marina.

Croisant les bras, elle ajouta, « Typique du coup d'un soir. »

« Mais ce n'est pas que pour un soir. Tu es— »

« Dites, dit Rob, en faisant le tour du plan de travail pour s'interposer. C'est elle ta déconvenue d'hier soir ? »

Marina bafouilla. « Ta déconvenue ? »

« Jeune fille, tu en es très loin. Laisse-moi expliquer. » Je fis le tour pour l'approcher, et Rob eu le bon gout de me laisser passer. Sans ralentir, je me baissai pour la saisir et la jeter par-dessus mon épaule. C'était bon de la sentir dans mes bras. Putain, elle me rendait fou. Mais j'étais soulagé qu'elle soit ici, saine et sauve. Entière.

Maintenant, je pouvais m'occuper de son cas. Fesser son ravissant petit cul pour m'avoir fait endurer tant de souffrance. La satisfaire. Et bientôt, elle comprendrait qu'elle était mon âme sœur.

Ce serait plus simple pour elle de l'entendre que je ne le

craignais hier soir, vu que sa sœur avait déjà été marquée et rejoint la meute.

En quittant la cuisine en direction des escaliers, je criai, « je t'emprunte ta petite sœur, Audrey. J'en prendrai grand soin. C'est promis. Occupe-toi du gâteau, tu veux ? »

J'entendis des rires agacés pour seule réponse.

« Tu as contrarié ma future belle-sœur, je vais être obligé de te casser la gueule ! » cria Boyd dans mon dos, mais sa voix trahissait son hilarité.

7

MARINA

« COLTON ! » Je battis des pieds tandis que mon Béret Vert taille XXL me portait en haut des marches puis le long d'un couloir. « Qu'est-ce-que tu fais ? »

« Tu pensais que ça me poserait problème de me taper la petite sœur, hein ? » Une lourde paume s'abattit sur mon cul et je criai.

« Aïe ! »

« Jeune fille, je vais te fesser à le faire rosir. La nuit dernière était tout sauf un coup d'un soir pour moi. Et je n'ai pas apprécié que tu t'enfuies. »

Mon cœur accéléra mais je n'avais pas peur. Je n'aurais jamais imaginé une telle réaction de sa part et, franchement, ça m'excitait. Je lui avais simplifié les choses. Je lui avais laissé une échappatoire. Je pensais qu'il serait un peu mal à l'aise de me découvrir là. Je pensais que nous garderions le secret et qu'il me gronderait plus tard et en privé pour lui avoir fait croire que je m'envoyais en l'air avec un inconnu. Avec une personne qu'il pourrait considérer comme trop jeune pour lui. Ou inaccessible.

Mais là ? C'était terriblement excitant. Il n'avait pas une once de honte pour ce qu'il avait fait. Il l'avait avoué devant tout le monde. D'une voix forte et claire. Et maintenant, il me voulait pour lui tout seul, dans ce que je devinai être sa chambre. J'étais en eaux troubles, comme il ne resterait qu'une semaine. Il pourrait vouloir de moi plus qu'une partenaire sexuelle, mais il serait reparti avant même que les restes du gâteau de mariage ne soient terminés.

Il ouvrit la porte d'un coup de pied et nous fit entrer. A peine posée au sol, il retira mon t-shirt par-dessus la tête. Mes tétons pointèrent pour capter son attention.

Humm. Oh oui, je prendrais encore de l'attention de Colton.

Je regardai autour de moi. Clairement sa chambre. Les murs étaient ponctués de posters. Une étagère surplombant un bureau dans un coin supportait quelques trophées.

Il s'assit sur son lit et m'attira entre ses genoux, ses mains caressant mes cuisses, empoignant mon derrière. On aurait dit qu'il ne pouvait se passer de moi, comme une sensation enivrante. Comme je ne portais jamais de soutien-gorge, j'étais nue à partir de la taille. Mes tétons pointaient d'avoir été au contact de l'air frais. A qui voulais-je faire avaler ça ? C'était à cause de ses manières d'homme des cavernes.

« D-donc, ça ne te pose pas de problème de baiser les petites sœurs ? » Je parlais d'une tout petite voix essoufflée.

« Pas celle-ci. » Il avait prononcé ces mots d'une voix grave en promenant son regard sur moi, se délectant de mes seins nus. « Mais tu as de gros ennuis, jeune fille. »

Il prit une grande inspiration, ses narines s'écartant. Je

me remémorai ce geste de la veille, comme s'il voulait me respirer. Un frisson d'excitation remonta le long de mon dos, et ma petite culotte devint très mouillée.

« Si tu le dis, » susurrai-je en simulant une confiance que je n'avais pas. Mais il en avait assez pour nous deux. Quel genre d'homme débarquait en pleine nuit pour s'envoyer une fille non pas une mais deux fois avant de la jeter sur son épaule pour la porter dans sa chambre ?

J'en déduisis qu'il me trouvait réceptive.

Il était possessif et j'aimais ça.

Il glissa ses doigts sous mon pantalon de yoga et le descendit le long de mes cuisses. Wahou. Ok, je pensais que nous y arriverions. Il ne gâchait pas une seule seconde. Je sautai de mes chaussures pour me débarrasser de mon pantalon. Je ne portais plus rien d'autre que mon string et Colton grogna comme une bête sauvage.

Mais ensuite, il plaqua mon torse contre une de ses cuisses et me donna trois bonnes fessées. Je me cambrai.

« Hé. Aouh. Oh mon dieu ! » Je remuai, un peu effrayée, un peu offensée. Un peu excitée.

« Ça ne fonctionnera pas. » Il apaisait déjà la douleur de sa large main avec laquelle il massait mes chairs attendries. « Ce sera beaucoup trop bruyant, n'est-ce-pas jeune fille. *Marina,* » ajouta-t-il, comme s'il voulait s'habituer à la sonorité de mon nom. « Tu ne voudrais pas que tout le ranch t'entende te faire fessée n'est-ce-pas ? »

Oh mon dieu. Pourquoi ces mots me faisaient-ils vibrer autant qu'ils rendaient mes cuisses glissantes ?

Il me garda dans cette position, cela dit, serrant et massant mon derrière tout en passant ses doigts contre mon excitation. « Je dois admettre que je suis content que tu aies su qui j'étais. »

« Et je suis ravie que tu n'aies pas de problème avec les petites sœurs. »

Ses mains s'arrêtèrent sur mes fesses. « Tu es petite à quel point ? » il semblait légèrement choqué. Et merde. Je ne voulais pas que cela s'arrête. Penserait-il que vingt-et-un ans serait trop jeune ? Il devait avoir dix ans de plus que moi.

« Je suis majeure, si c'est ça qui t'inquiète, » dis-je amèrement.

Il me donna deux autres fessées qui me firent crier. « Je t'ai posée un question, ma douce. » Il massa encore mes fesses et ma féminité fondis davantage. « J'attends une réponse. »

« Vingt-et-un ans. »

« Vingt-et-un ans, » répéta-t-il, et je jurai avoir entendu de la déception dans sa voix. « Et toujours à la fac. Pour combien de temps encore ? »

« Un an. »

« Putain, » marmonna-t-il et il me prit sur ses genoux.

« Quoi ? » dis-je en le regardant, me sentant soudain exposée. J'étais complètement nue et il avait tous ses vêtements. Et il semblait avoir arrêté notre petit jeu. Avait-il changé d'avis pour baiser maintenant ? « Ce n'est pas comme si tu étais beaucoup plus âgé. »

Non, pas ça. Ne te ferme pas. J'en ai besoin. Mon corps en a besoin. Mon esprit aussi.

Il secoua la tête, prenant mes seins dans ses mains. Je me mordis la lèvre en remuant sur ses genoux pour éviter de gémir. Il m'avait déjà embrasée. « Plus que toi. Pas seulement en termes d'années, mais en termes de vie. Les horreurs que j'ai vues... » On aurait dit qu'il essayait de se convaincre.

Je repensai au cauchemar qu'il avait fait la nuit

précédente, sachant qu'il avait été déployé. Il avait raison, comparée à lui, j'avais à peine vécu. Et bien que cela m'agace, je ne pouvais pas lui en vouloir d'avoir servi son pays pendant que j'étais encore en primaire. « Je sais que tu retourneras à ta base. Tu as été suffisamment clair à ce sujet. »

« Tout comme tu retourneras à la fac. Tu es jeune. C'est normal. Je peux vivre avec ça. »

Ah ! Je savais que j'avais bien fait de garder mon identité secrète hier soir. Il avait des états d'âmes mais il avait envie de plus lui aussi.

J'avançai pour le chevaucher, prête à poursuivre, ses lèvres s'animèrent et il saisit ma taille. « Hum hum. Tu n'es pas aux commandes ici, Marina. Et je pense qu'une punition s'impose. »

Mon dieu. Ma chatte se contractait à chaque fois qu'il prononçait ce mot. « Quelle est ma punition ? » dis-je dans un souffle.

« Hmmm... » Il me souleva de ses genoux et se leva. « Une fessée fait trop de bruit. Je pense que tu as besoin d'être attachée et dévorée. »

Tout en moi se raidit. Ma chatte. Mon cul. Mon diaphragme. *Oui, je vous en prie Mr Wolf.*

« Oh mon dieu. Je vais me faire dévorer par le grand méchant Loup. »

Colton grimaça. « Tu n'as pas idée, jeune fille. » Il me prit par la taille et souleva mes cinquante-cinq kilos avec l'aisance d'un haltérophile et me reposa sur le lit. Je m'assis et ravalai un éclat de rire pendant qu'il vint se placer au-dessus de moi avant d'attraper mes chevilles pour les écarter. « Ne bouge pas. Reste comme tu es. » Il se dirigea vers la commode dont il ouvrit un tiroir. « Alors, avec quoi vais-je bien pouvoir t'attacher ? » Il ferma le tiroir du haut et rouvrit celui du dessus. « Ah voilà. » Il en sortit une cravate bleu marine toute froissée qu'il jeta sur le lit. Puis une rouge. Et une grise.

Etaient-elles à lui ? « Difficile de t'imaginer avec une cravate, » avouai-je en surveillant chacun de ses gestes. Bien qu'il porte les mêmes vêtements que la veille, il était sublime. Ce look débraillé lui allait très bien. Je l'imaginais en uniforme, cela causerait ma perte.

Il en ramassa une qu'il fit claquer entre ses deux mains, comme une menace. « Ouais, c'est pour ça qu'elles sont dans mon placard, dit-il. Je crois qu'un connard me les avait données pour la remise des diplômes. Comme je me suis enrôlé juste après, elles sont restées là. »

Il entreprit d'attacher ma cheville droite au pied du lit, puis la gauche. « Tu me feras penser à le remercier. Qui aurait cru que tu en ferais si bon usage. »

Mon corps devenait fou de se retrouver ainsi exposé et attaché. Je tremblais ostensiblement, mes cuisses s'agitant, et mon corps frissonnant à chaque souffle. Colton posa une main sur ma cheville et remonta doucement. « Tout va bien, ma douce ? Tu as peur ? »

Je secouai la tête. Son regard était rivé sur ma chatte où il pouvait lire la vérité. J'étais excitée. Personne ne m'avait jamais mise dans un tel état, mon excitation débordait jusque sur mes cuisses.

Mon cœur se mit à battre plus fort quand j'acquiesçai. Impossible de mentir.

« Avec des mots, ma douce. » Il posa un genou devant moi, ses grosses paumes sur l'intérieur de mes cuisses et passa longuement sa langue entre mes jambes.

Je bafouillai une réponse en arquant mes hanches.

« Tu pourrais dire, *Oui Monsieur*. Ou même, *Oui Papa*. » Il me fit un clin d'œil depuis ma chatte.

J'attrapai l'oreiller sous ma tête et le lui lançai en riant.

« Je ne t'appellerai pas, Papa. La dernière chose dont j'ai envie, c'est bien de penser à mon père quand je suis avec toi. »

« *Monsieur* ira très bien dans ce cas. » Il me sourit en retour. « Surtout quand tu es attachée et à ma merci. » Il se releva et passa l'attache de fortune autour de mon cou. Il attacha ensuite chacun de mes poignets à une extrémité.

Je testai son œuvre. Si je remuai les bras, cela resserrait le tissu autour de mon cou. Un frisson me parcourut. C'était sauvage, intense.

« Je ne suis pas sûre que les scouts pensaient à ce genre de nœud, » répondis-je d'un ton sarcastique. Cela dit, l'idée que je sois attachée et que chaque geste de mes bras diffuse dans mon corps un tel frisson était enivrante. Je devais garder mes paumes près de mon cou, au risque de resserrer moi-même l'entrave qui me retenait.

Oh. Mon. Dieu. On ne m'avait encore jamais attachée auparavant, je n'aurais même pas pensé que c'était si excitant. Il n'avait ainsi pas besoin de me maintenir.

Il sourit. « Peut-être que je devrais prendre une photo et l'envoyer à mon chef scout. »

Sortant son portable de la poche arrière de son cargo, je me raidis. « T'as pas intérêt. »

« Je pense que de t'avoir attachée et à ma merci donnera une attaque à Mr O'Roarke. » Il leva son portable qu'il ajusta avant de me faire un clin d'œil. « Celle-ci ne servira qu'à me rappeler à quel point ma jeune fille peut être vilaine. »

Je me léchai les lèvres et réalisai qu'il n'avait pas vraiment pris la photo. Il m'attendait. J'étais nue, ouverte et attachée. A sa merci. Il était habillé, mais loin d'être indifférent. Impossible de passer à côté de la toile de tente que formait sa queue dans son pantalon. Il était aussi concentré que moi.

J'acquiesçai, puis, me rappelant ce qu'il avait dit. « Oui, Monsieur. »

La chaleur irradia de ses yeux et il prit une photo. « Tellement belle. »

Je gémis, essayant d'imaginer de quoi j'avais l'air.

Jetant le téléphone portable sur le lit, il ajouta, « Je voudrais entendre, *Je suis désolée de vous avoir faussé compagnie ce matin, Monsieur.*

Je me demandai s'il me laisserait jamais me relever. C'était une punition, absolument. Je ne pouvais pas me toucher, et il ne me touchait pas. Il ne m'avait léchée qu'une fois, et je mourrais sur place. D'envie, et me resserrant sur le besoin de jouir.

« Jeune fille, » avertit-il. Il prit un téton entre son pouce et son index. Il tira dessus gentiment, avant de le pincer. J'arquai le dos en gémissant, ce qui le fit lâcher prise.

« Tu veux jouir ? »

J'acquiesçai, mes cheveux glissant sur le lit derrière moi.

« Est-ce toi qui décides comment et quand tu jouis ? » il avait grommelé ces mots. Il joua avec mon autre téton, avec un peu plus de pression cette fois-ci. Mes mains s'agitèrent, mouvement qui me serra le cou.

J'étais littéralement sur le seuil d'un orgasme. Impossible de savoir pourquoi je faisais confiance à cet homme, que je connaissais à peine, pour me faire toutes ces dépravations, mais c'était le cas. Et son attitude autoritaire reflétant le contrôle, me préparait à franchir le dernier obstacle me séparant du plaisir. Je me cambrai, remontant mes seins vers le plafond pour le supplier de jouer encore avec. Mes jambes tremblaient d'excitation sexuelle. « Je suis désolée de vous avoir faussé compagnie ce matin, Monsieur. Mais je ne suis pas désolée de ne pas t'avoir dit mon nom hier soir, parce que c'était vraiment une aventure très satisfaisante. »

Colton fronça les sourcils, il semblait agacé. « Une aventure ? Je ne suis pas une aventure pour toi, jeune fille. » Il donna à ma chatte une petite tape, avant de remonter ses doigts à sa bouche et de lécher mon excitation avec avidité.

Je me mordis la lèvre inférieure et gémis de ce mélange de douleur et de plaisir. « Mais... qu'est-ce-que tu es alors ? »

Il me lança un regard noir pendant un temps, mais on aurait dit qu'il ne savait pas quoi répondre. « Je suis l'homme qui va torturer ton joli petit corps, Marina. Tu m'as fait sortir de mes gonds en partant. C'est à ton tour de ressentir ce que ça fait. Et tu vas supporter ça comme une bonne petite fille. »

Je battis des paupières pendant que mes yeux roulaient dans leurs orbites.

« Je sais. Pour s'amuser. Pour ce moment. Je pensais que la nuit dernière n'était qu'une aventure, mais d'accord. Je reprendrais bien un peu de bite. »

« Un peu de bite ? Commence donc par un peu de bouche. »

Il revint entre mes jambes attachées et m'écarta avec ses pouces avant de faire avec sa langue le tour de tous mes replis féminins.

Le tremblement de mes cuisses s'intensifia. Plus de chaleur afflua encore dans mes zones inférieures. La surface de ma peau picotait partout, sensibilisée par ses caresses. Il traça un cercle autour de mon clitoris. Je criai, faisant décoller mes jambes. Je voulus les amener plus près de sa tête, pour faire décoller toutes ces sensations incroyables, mais il m'avait trop bien attachée.

« Ohhhh, gémis-je. Je t'en prie. »

Il leva la tête, ses lèvres luisantes de mes fluides. Il troqua sa langue pour son pouce et caressa doucement mon petit bouton. « Je t'en prie, laisse-moi jouir ? »

J'acquiesçai vigoureusement. « Oui. » Le son sortit sous forme d'un souffle plus que d'un mot.

Il plongea son pouce dans ma chatte en secouant la tête. « Oh que non. » Il avait un sourire diabolique sur le visage et cela coupa court à cette surcharge de désir. Il passa la paume de sa main tout en continuant les gestes de son pouce, avant de baisser à nouveau la tête pour se servir de sa langue.

« Co—comment ça ? »

Je me demandai à quoi bon parler. Sa langue était là où j'en avais besoin—je ferais mieux de ne pas l'interrompre. Il leva la tête en retirant son pouce. « C'est là ta punition, ma douce. » Il donna une pichenette sur mon clitoris et je bondis. « Je vais te faire languir pendant des heures. »

« Oh ! » C'est tout ce que je trouvai à répondre. Détresse et désir simultanés entraient en collision en moi, me laissant ébahie et haletante.

Colton revint me lécher et me caresser pendant que la fièvre montait en moi.

« Colton, commençai-je à le supplier. J'ai besoin... besoin. »

« Oh, mais je sais ce dont tu as besoin, jeune fille. Tu as besoin d'une bonne leçon. »

« Je suis désolée ! » m'exclamai-je. Et c'était le cas. Bien sûr, je dirais n'importe quoi en cet instant pour qu'il me donne un orgasme.

« Tu es désolée de t'être sauvée ? » demanda-t-il, en écartant mes fesses pour caresser mon anus.

Je gémis. Fort. Il avait déjà agi de la sorte dans la chambre du motel. Mais comme ça ? C'était teeeeellement mal. Surtout que c'était si bon. Comment Colton pouvait-il savoir que j'aimais ça alors que je n'en avais moi-même aucune idée ?

Il releva à nouveau la tête. « Bien que j'adore t'entendre jouir, ce n'est que pour moi. Pas pour les autres en bas des marches.

« Alors, arrête ça, » mordis-je.

Il frappa de nouveau ma chatte. « Tu veux que j'arrête ? » Il haussa les épaules et s'assit. « Ok, j'arrête. Tu peux redescendre avec tes tétons qui pointent et ta chatte en demande. »

« Non. » Je tirai des deux mains, ce qui resserra ma gorge. « Non, n'arrête pas. »

« C'est exact. Parce que je suis le seul à pouvoir te donner ce dont tu as besoin. » Il passa son doigt sur l'entrée de ma chatte pour l'enduire de mon excitation avant de redescendre sur mon anus. « Tu aimes bien jouer n'est-ce-pas, vilaine ? »

« Avec toi, » murmurai-je.

Il grogna. « Alors tu en auras pour ton argent. Là. »

Je gémis, tout aussi excitée que terrorisée à cette idée. J'avais vu sa bite, savais qu'elle était énorme. Et il était déjà serré dans ma chatte. « Maintenant ? »

Le coin de sa bouche s'agita. « Pas de lubrifiant. Je n'avais pas ces habitudes quand j'étais gosse. »

J'hésitais entre être déçue ou soulagée.

« Vu ta manière de remuer sur mon lit, je ne suis pas sûr que ce soit une punition. »

« Colton, » soufflai-je.

Il ramassa mon t-shirt sur le sol. « Là. Mets ça dans ta bouche pour étouffer tes cris. » Une fois torsadé, il le déposa devant moi. Je le regardai, subjuguée par tant de patience et ouvris la bouche. Je mordis le tissu qui s'humidifia au contact de mes lèvres. J'aurais pu le cracher, mais il avait raison. Je faisais trop de bruit, et bien que la maison soit grande, ma sœur était en bas. Ainsi que les frères de Colton. Et les employés du ranch. Ils ne devaient avoir aucun doute sur ce que nous étions en train de faire, mais je ne pensais pas être capable d'affronter leur regard s'ils m'entendaient crier et supplier.

« C'est bien. Maintenant, où en étais-je ? » Il me regarda avant de s'installer à nouveau entre mes jambes écartées. Ah. Oui. Ici. »

Ses mains attrapèrent mon derrière et il me lécha de bas en haut. Il était exceptionnel. A tel point que je me retrouvai instantanément aux portes du plaisir, et il s'arrêta. Il mordilla l'intérieur de ma cuisse, souffla sur mes chairs attendries. Ensuite seulement il utilisa ses mains et la tension escalada encore, tant et si bien que je me sentis ruisseler. Mes muscles se contractèrent. Mes tétons ne pointaient plus, j'avais un doigt dans le cul, bien profond. Il ne faisait rien de particulier, mais il était là, parce qu'il le pouvait.

Et parce qu'il aimait ça. Il faisait de moi ce qu'il voulait, et je devais le prendre. Impossible de bouger. Je ne pouvais que ressentir, et c'était trop beaucoup trop.

Des larmes coulèrent le long de mes tempes et je ne pouvais même pas crier plus fort, seulement gémir. Me redressant sur une main et retira le t-shirt de ma bouche. « Cette punition, ma chérie ? Ce n'est pas juste pour te torturer. »

Il se rassit, défit son pantalon et le descendit, laissant émerger sa queue. Si grosse, si lourde. Elle semblait plus sombre aujourd'hui, les veines qui la parcouraient pulsaient et la pointe semblait si gonflée qu'elle pourrait exploser. Un fluide clair s'en échappait, comme un robinet fuyant.

Il pêcha un préservatif de sa poche et le déroula sur toute sa longueur. Ils devaient venir d'une boîte king size.

D'une main par-dessus sa tête, il retira son t-shirt. Il était tellement séduisant. Ce corps, cette queue. J'avais besoin de lui.

« Je vais te pénétrer maintenant, et tu vas jouir. Tu as attendu ma queue comme une bonne fille. »

Il se pencha pour défaire les attaches de mes poignets. « Je vais te baiser bien et fort, je ne voudrais pas que tu t'étouffes. Attrape l'oreiller. Oui, comme ça. Maintenant ne lâche plus. »

J'acquiesçai et il vint placer sa queue juste à l'entrée de ma chatte. Il ne s'attarda pas plus que le temps d'enduire la pointe de sa queue de mes fluides et se fondit en moi d'un seul et long mouvement.

Mes tissus sensibles s'ouvraient pour lui, tellement serrés, mais qui réveillaient chaque centimètre de mon anatomie. Je jouis comme il l'avait dit. Il n'avait pas mis ses doigts à l'intérieur de ma chatte et cela m'avait rendue d'autant plus impatiente pour lui. Mais mon cul picotait de se sentir si vide.

Je me resserrai sur lui tout en jouissant dans un cri.

« Putain, » grogna-t-il en commençant à faire ce qu'il avait dit, me baiser fort et bien.

J'haletai tout en jouissant, le plaisir étant un vrai soulagement. J'ignorais pendant combien de temps il avait joué pour me punir avec cet orgasme. Mais maintenant, je jouissais comme jamais. On aurait dit que les parois de ma chatte voulaient l'aspirer.

Le lit se mit à heurter le mur. Colton grogna en me pilonnant, laissant résonner nos chairs qui s'entrechoquaient. Il avait été si attentif, si attentionné, si concentré sur chaque nuance de mon corps. Mais maintenant, il était perdu. Sans rythme ni cadence dans cette folle baise, se contentant de se mener vers le plaisir qui lui manquait aussi.

J'agrippai l'oreiller et me demandai si je pourrais l'éventrer, si des plumes voleraient bientôt autour de nous.

J'avais besoin de tout ce qu'il pouvait me donner. La nuit dernière avait été sauvage. Et là... charnelle. Il m'avait montré que j'étais à sa merci, que lui seul pouvait faire onduler mon corps et transpirer comme ça, à m'en faire voir des étoiles. Quand il roula des hanches et vint stimuler mon clitoris, je jouis encore une fois, une libération aux notes presque douloureuses cette fois-ci.

Et pourtant, une minute plus tard, il donna un dernier à-coup et grogna, enfouissant sa tête dans mon cou en jouissant. Je sentis sa semence me remplir, chaude et épaisse. Il n'avait plus dit un mot après m'avoir pénétrée, à l'exception de deux.

A moi, avait-il dit. Encore et encore. Et maintenant, avec son souffle court contre mon cou, il les répétait.

Notre peau était glissante et ne formait qu'une seule surface. Ma chatte était ultrasensible. Son poids me plaquait contre le lit de sa chambre d'enfant. Et cette fois-ci, quand il prononça ce mot, on aurait dit un cri de bête sauvage. « *A moi.* »

Je le croyais. J'étais ruinée pour tout autre. Je ne pourrais jamais ressentir chose pareille avec quelqu'un d'autre. Je ne pourrais plus lâcher prise comme je venais de le faire. Je ne pourrais plus donner ainsi ma confiance.

Quand je lâchai enfin l'oreiller et caressai son dos brulant, ses dents vinrent se frotter contre mon cou et sa langue y lécha la peau.

J'aurais pensé qu'il se serait amolli et retiré, mais non. Une minute plus tard, il se redressa sur ses mains, se pencha sur moi et recommença à rouler des hanches en moi.

« Je n'en ai pas encore fini avec moi, petite chose. » Sur ces mots, il se retira en tenant la base du préservatif, avant de s'asseoir sur ses talons, de le retirer, d'attraper un mouchoir dans son tiroir et de s'en débarrasser. Il en sortit un autre de sa poche. Mais combien en avait-il sur lui ?

« Encore ? Maintenant ? »

« Encore. Maintenant. »

Je gémis, incertaine sur la possibilité de mourir d'une overdose de sexe.

Il remua ses hanches, plus doucement, de manière plus mesurée. « L'odeur de sexe... elle est partout sur toi. »

« Je ne crois pas pouvoir jouir encore, » avouai-je.

« Mais si. »

Et il avait raison.

8

 OLTON

Je baisai ma compagne jusqu'à l'épuisement. Je ne la quittai qu'une fois endormie dans mon lit, nue et marquée de mon odeur. Je pris une douche, enfilai des vêtements propres avant de refermer la porte et de me mettre en quête de mes frères.

Elle avait eu beau essayer d'étouffer ses cris avec son t-shirt, Marina ne pouvait pas se contenir. Cela faisait hurler mon loup car ma compagne ne devrait pas avoir à se retenir dans ces moments. Elle devrait hurler son plaisir. N'importe quand. Tout le temps.

Chaque occupant du ranch était un métamorphe, sauf Audrey, et notre ouïe était incroyable. Ils n'avaient peut-être pas entendu Marina, mais ils m'avaient certainement entendu. Je ne m'étais pas retenu une fois enfoui en elle. Je n'aurais pas pu même avec un pistolet sur la tempe. Aucun métamorphe mâle nous ayant entendus ne se frotterait à elle. Marina était à moi. Mon odeur était partout sur elle.

La seconde fois que je l'avais baisée, j'avais retiré le préservatif et joui sur ses seins et son ventre pour la marquer. Je ne pouvais pas encore la mordre et la revendiquer, même si j'en avais envie. Putain, j'avais tellement envie de planter mes crocs dans sa chair tendre. Mon loup était furieux que je ne l'aie pas encore fait. Il ne comprenait pas que j'attende alors que la pleine lune approchait. Son odeur, son parfum feraient s'allonger mes canines. Ce n'est pas pour rien que j'avais forgé une discipline de fer dans l'armée, je ne craquerais pas maintenant. Je l'utiliserais pour Marina.

Elle m'avait réservé une surprise de tous les diables, mais j'en avais une encore plus grande en réserve. Avant d'en faire ma compagne et de la marquer, il me fallait lui révéler ce que j'étais, mais il ne s'agissait pas que de moi, mais de tous les occupants du ranch. Audrey ne lui avait rien dit, j'en étais sûr.

Ouais, Marina avait trouvé son âme sœur, pas seulement un homme dans sa vie. Malheureusement, je ne pouvais pas me contenter de la mordre. Elle pensait toujours que j'allais rentrer à la base, reprendre mon arme et me diriger vers le prochain théâtre d'opérations. Je lui avais dit d'emblée que je repartirais.

Elle avait vingt-et-un an putain. Elle avait toute sa vie devant elle. La fac. A son âge, je venais de revenir de mon premier déploiement où j'avais vu des choses que je n'oublierais jamais. Elle, à en juger par ses réactions, elle avait à peine baisé.

Mon ouïe de loup m'indiqua que Rob était dans son bureau. Je descendis les marches, tournai à droite et me dirigeai vers l'ancien antre de mon père.

Rob leva la tête de son imposant bureau. « Je suis étonné que tu sois conscient. »

Je m'asseyais souvent en face de mon père quand il travaillait—là où Rob se trouvait actuellement—écoutant les conversations en jouant avec mes légos. Je savais que je ne serais jamais l'alpha, pas alors que Rob était le plus âgé, mais j'avais toujours aimé entendre la manière dont mon père résolvait les problèmes. J'aimais penser que j'utilisais les mêmes compétences quand je m'occupais des soldats sous mon commandement.

Il grimaça en se rasseyant sur sa chaise.

« Elle est à moi, » grondai-je.

Il leva une main. « Ça nous l'avons tous compris. Ce n'est pas moi qu'il faut convaincre. »

« Boyd, » murmurai-je. Je me grattai l'arrière de la tête, en pensant à la règle d'or disant de ne pas sortir avec les petites sœurs. Ni même de les baiser.

J'étais tellement satisfait, mes muscles tellement détendus d'avoir les couilles vides, non pas une mais deux fois. J'étais dans les meilleures dispositions. Si Boyd voulait me frapper en pleine face, c'était le moment. Parce que je n'allais pas me contenter de baiser Marina jusqu'à épuisement. Ou plutôt si, mais pas dans le but de me vider les couilles. Elle était mon âme sœur et il ferait bien de se faire à cette idée.

« Tu as couché avec sa future belle-sœur ? » Rob croisa les bras en s'adossant. Nous étions manifestement sur la même longueur d'ondes.

« Je viens de baiser mon âme-sœur, qui se trouve être également sa future belle-sœur, clarifiai-je. Tu aurais fait la même chose. »

Il hocha la tête en guise d'acquiescement.

« Je vais lui parler. »

« Pas la peine. Il arrive. »

J'entendis résonner ses pas une fraction de seconde après Rob.

Boyd entra dans le bureau, refermant la porte derrière lui. Et il me frappa dans le ventre. Deux fois. Et fort. Je le laissai faire. J'aurais pu l'affronter, lui tenir tête. Nous étions taillés de la même manière mais j'avais dix ans d'entrainement au corps à corps tandis que ses meilleures capacités s'exerçaient sur le dos d'un taureau. Je le méritais. Je serrai le ventre de douleur, mais les métamorphes guérissaient vite, un poing dans le ventre de son frère passait plutôt bien.

« Tu sais quel âge elle a, Colton ? » demanda-t-il dans un grognement.

Je toussai un peu, comme il m'avait le coupé le souffle. « Vingt-et-un ans. »

« C'est exact, » Boyd mit les mains sur ses hanches et acquiesça, faisant osciller son chapeau.

« Vingt-et-un ans et elle est encore à la fac. Je ne sais pas ce qui te passe par la tête. »

« Qu'elle est ma compagne, répliquai-je. Et j'en suis certain. »

Il me regarda, les yeux écarquillés, avant d'enlever son chapeau et de se gratter la tête. « Putain. » Il avait craché ce mot avec dédain tout en levant les yeux au ciel. « La vie est une chienne, n'est-ce-pas ? »

« Je ne sais pas, tu ne sembles pas te plaindre de celle que la vie t'a envoyée, » rétorquai-je en réussissant enfin à me relever. Je me frottai le ventre. « Cela ne fait pas si longtemps que tu as rencontré Audrey. Tu te souviens de cette sensation. Comme un coup dans les côtes. »

Ouais, il y avait deux façons d'interpréter mes paroles et il me jeta un regard noir. Puis son visage sembla s'adoucir un moment, comme si le fait de penser à Audrey suffisait à changer son humeur. Secouant la tête, il pointa un doigt menaçant vers moi comme s'il endossait soudain le rôle du grand frère et non plus la petite peste qui courrait en rond avec un air boudeur parce qu'il n'était pas encore assez grand pour se transformer et courir avec nous.

« Elle n'est pas prête pour toi, avertit-il. Mon dieu, ton métier consiste à tuer des gens et elle n'a pas fini ses études. »

Je serrai les dents. J'étais certes d'accord avec Boyd mais je ne laisserais personne me dire de m'écarter de mon âme sœur. « Je sais, grognai-je. C'est ce que je lui ai dit. Qu'elle est jeune. Que je suis un militaire endurci. Qu'est-ce qui fait de toi un expert sur ma compagne ? » me défendis-je.

« Je sais qu'elle est toujours à la fac, et pratiquement vierge. Ou du moins elle l'était avant que tu ne mettes la main sur elle. »

L'amertume de Boyd invita un sentiment de honte dans ma poitrine.

« J'ai été obligé de sortir Audrey de la maison pour ne pas avoir à supporter vos ébats. »

Venais-je de corrompre une innocente ? Elle n'était certainement pas vierge la nuit dernière. Son comportement, c'était comme si elle avait laissé s'exprimer son côté sauvage. Elle m'avait laissé la guider pour trouver son plaisir dans mes bras. Merde, c'était si beau de la voir se soumettre.

La vision de Marina attachée à mon lit à l'étage, de sa chatte rose palpitant pour ma queue et de ses lèvres douces suppliant d'être libérées, me fit bander instantanément.

Non, elle avait voulu tout ça. Mais cela ne voulait pas dire qu'elle voulait de moi. Pour me garder.

Une fois qu'un loup avait trouvé son âme sœur, c'était

pour la vie. Les divorces n'existaient pas. Une femelle pouvait quitter son compagnon, mais s'il l'avait marquée, lui ne la laisserait jamais partir. Il serait contraint de la suivre au bout du monde et de veiller sur elle. S'assurer qu'elle soit hors de danger et chérie. Il pourrait se tenir assez loin pour ne pas même savoir si elle trouvait un autre amant, mais il ne l'oublierait jamais. Ce serait impossible au plan biologique.

« C'est ma *compagne*, » grommelai-je entre mes dents serrées. Ces trois mots auraient dû suffire à convaincre n'importe quel autre métamorphe qu'elle m'appartenait. Que ce soit le bon moment ou pas. « Elle était au milieu d'un orage à regarder la rivière qui barrait la route. Je craignais qu'elle ne fasse quelque chose de stupide, comme passer au travers. »

« En attendant, c'est toi qui lui es passé au travers. » Rob avait plissé les lèvres en disant ça.

Boyd se retourna et le fusilla du regard.

Souriant, j'ajoutai. « Je l'ai su à la seconde où je l'ai reniflée. »

C'est cela qui avait conclu l'affaire. Boyd savait comment cela fonctionnait. Il ne pouvait pas donner tort à son loup, pas plus que moi.

J'avais trente ans passés. Et la folie de la lune montait en moi étant donné que je n'avais pas encore trouvé de femelle à marquer comme ma compagne. Cela avait affecté mon travail récemment, ce qui voulait dire que cela avait affecté mes hommes. Je devenais un poids pour mon équipe et c'était une des raisons pour lesquelles j'étais en permission. J'avais repoussé ma décision de rempiler parce que je ne voulais laisser tuer personne par négligence. Je ne m'attendais pas à trouver mon âme sœur maintenant. Mais c'était le cas.

« Je manque de temps. » Je regardai Rob, qui savait ce que je voulais dire. Il avait deux ans de plus que moi. Lui aussi devait ressentir les effets de la lune. Putain, je ne serais pas surpris s'il était déjà à moitié-enragé.

Rob se leva de son bureau et arpenta la pièce, les bras croisés. « Donc, que vas-tu faire, Colton ? »

Un poids pesa sur mon estomac. « Putain, si je le savais, » avouai-je.

Boyd ouvrit la bouche, mais Rob leva une main, ce qui suffit à le faire taire.

« Laisse-le finir, Boyd. »

Cela voulait dire que Rob me laissait prendre ma propre décision. Marina était ma compagne, et il ne serait pas assez stupide pour me faire croire le contraire. Même un ordre direct de son alpha n'y ferait rien, en matière de compagnes. Surtout chez un sujet déjà gagné par la folie de la lune.

Marque-la, gronda mon loup.

Mais Boyd et Rob étaient là, mes juges et jurés. Était-ce la meilleure chose à faire ? Changer pour toujours la vie d'une humaine avant qu'elle ait le temps de connaitre ses propres désirs ?

Et la fac ? Son diplôme ? Allais-je lui demander de tout abandonner, surtout qu'il ne lui restait plus qu'une année ? Pour quoi ? Devenir femme de militaire sur la base ? Ou femme dans un ranch de Cooper Valley ? L'une de ces options était-elle seulement juste pour elle ?

Putain.

Cela prit tous mes efforts mais je repoussai l'agitation montante de mon loup. Lui voulait la voir marquée immédiatement. Non, il le voulait depuis la nuit dernière.

Je déglutis péniblement. « Je dois attendre. » Prononcer ces mots me donnait la nausée. « Qu'elle ait terminé ses études. Peut-être rempiler pour m'empêcher de devenir fou, bien que ce soit impossible. Je suis consumé par l'envie de me transformer et de partir courir, et ce n'est pas près de se calmer. Cela ne fera qu'empirer. » Je haussai les épaules.

« Tu parles de ne pas la mordre et la revendiquer ? C'est insensé ! Tu vas enrager et tuer tes ennemis à mains nues, » commenta sèchement Rob.

« Je pourrais prendre ma retraite, habiter ici pour contenir la pression en attendant qu'elle ait terminé, » ajoutai-je. Je préférais cette idée. Elle était plus sûre pour tout le monde, moi y compris. Marina rendrait certainement visite à Audrey, qui serait certainement enceinte, si ce n'était pas déjà le cas. Putain, non ce ne serait pas plus simple.

Rob acquiesça. « Cela me semble raisonnable. » Il regarda Boyd qui hocha la tête avec réticence. « Peut-être que tu ferais mieux de la revendiquer maintenant, cela dit, pour faire retomber la pression. »

« Hors de question, gronda Boyd. Elle est à peine adulte ! Tu ne peux pas sceller son destin à son âge. Ce n'est pas juste. Elle ne sait même pas ce que tu es. »

Un grognement résonna dans la pièce. Cela me prit une minute pour réaliser que j'en étais l'origine. Ou plutôt mon loup. Mes deux frères se tendirent, comme si j'étais sur le point d'enrager.

« Qu'en penses-tu ? » demanda Rob en me fixant, mais en gardant une voix neutre. Je savais qu'il guidait mes choix et cela m'agaçait au plus haut point, mais cela fonctionnait aussi. Qu'il me souffle la bonne décision garantirait que je m'y tiendrais. Et couperait court à toute opposition entre mes frères et moi.

Cela ne mit pas fin au grognement. J'allais parler et dû m'éclaircir la voix.

« C'est impossible pour moi de ne pas la mordre. Mais je

ne le ferai pas. Je ne peux pas. Quand elle approchera de la remise des diplômes. L'an prochain. »

Putain, mon loup menaçait de m'ouvrir la gorge en deux pour que je me taise.

« Cela fait sens, grommela Rob. Mais complètement irréaliste. Tu n'y survivrais pas. L'avoir ici, la baiser puis la laisser partir ? Impossible. »

« Ouais, impossible. » confirma, Boyd.

« Ce n'est pas ta décision, » grondai-je, me sentant soudain prêt pour la bagarre.

Rob s'interposa. « Il se préoccupe seulement d'Audrey et de ce qui compte pour elle. » Il se tourna vers moi. « Tu dois la laisser partir. Maintenant. La pleine lune se lèvera demain soir. La prendre à nouveau est trop risqué.

La perspective de ne pas me fondre dans la tendresse de con corps me fit serrer les poings. Je détestais ce que Rob avait dit mais il avait raison. Je luttais déjà. Que ferais-je demain ? Je la revendiquerais, gâchant tout par la même occasion. Mon loup n'était pas d'accord, il pensait que cela réglerait la question.

« Putain ! » criai-je. Je désirais Marina. Je pouvais sentir son odeur partout sur moi. Elle était dans mon lit en ce moment-même. « Bien. Je ne la toucherai pas. C'était une aventure. Du moins, c'est ce qu'elle pense. C'est tout ce qu'elle attendait de toute manière. »

Ces mots eurent un gout de poison dans ma bouche. Je me mentais à moi-même, et il me faudrait lui mentir également.

« Mon dieu, frangin. Tu as sauvé des vies dans l'armée, mais là ? T'es un putain de martyr, » dit Rob en secouant la tête.

Je me passai la main sur la nuque. Avant de faire les cent pas. « Je le fais pour ma *compagne*. »

Boyd regarda Rob et éclata de rire. « Cinquante dollars qu'il ne tient pas une journée. »

Rob acquiesça.

Ils prenaient des paris. Les bâtards. Je devais me retenir. La mordre maintenant n'était pas une option. La fac. La vie. Elle devait connaitre tout ça. J'attendrais.

Je le pouvais.

J'allais le faire.

9

ARINA

Je me réveillai avec l'odeur de viande grillée dans les narines.

Je regardai le réveil sur la table de chevet, j'avais dormi jusqu'à l'heure du dîner. Entre le sexe et nos conversations, je n'avais pas beaucoup dormi la nuit précédente. Et cet après-midi, la vache. On dirait que c'étaient là les effets d'un bon orgasme. Mon corps ronronnait, toujours langoureux, chaud et satisfait. Et oui, un peu irritée par endroit, mais cela m'était complètement égal.

Merci, Colton.

Je glissai hors de son lit et remis mes vêtement pour aller en quête d'une douche. J'étais sûre d'être complètement débraillée—et bien baisée—depuis ma rencontre avec Colton. La nuit dernière, j'étais un rat mouillé, et aujourd'hui, une boulangère tapissée de farine. C'était stupide, mais je voulais faire un effort pour lui. Il m'avait plus souvent vue nue qu'habillée. J'en ris doucement.

Je me hâtai cela dit, ayant entendus des voix fortes dans la cuisine. Je ne voulais pas manquer le dîner. Je me précipitai dans la salle de bain, me lavai, avant d'enfiler une robe d'été courte, dévoilant mes épaules et mes jambes. Pas le temps de me sécher les cheveux, mais je déposai du gloss sur mes lèvres et attrapai une paire de sandales avant de dévaler les marches.

J'avais raison. Toute une horde était réunie dans la cuisine géante, et la plupart se retourna quand j'entrai. J'aurais juré que plusieurs hommes avaient levé le nez en l'air pour renifler, et cela n'avait aucun sens. Colton avait fait la même chose la nuit dernière mais je chassai cette idée folle.

« Bonjour tout le monde. » J'écartai grand les bras en guise de salutations. « Je suis Marina, la petite sœur d'Audrey. »

« Mais oui, » grommela Colton. Je ne l'avais pas vu, tapi dans un coin, mais il s'avança immédiatement pour se coller à moi. Il fit mine de me prendre par la taille mais se ravisa comme s'il ne voulait pas me toucher.

Après ce qu'il venait de me faire, je ne pensais pas que ce serait un problème. Peut-être qu'il était contre les marques publiques d'affection.

Son large corps me cachait à la vue de tous. Il murmura. « Ça ne t'arrive jamais de porter un soutien-gorge ? » J'ignorais pourquoi cela le rendait grognon.

Son regard tomba sur ma poitrine et je secouai la tête.

« Tu portes au moins une petite culotte sous cette robe, n'est-ce-pas ? »

Je fis une petite grimace et haussai les épaules, jouant les ingénues.

Il grogna.

Mon dieu que c'était bon de savoir que je lui faisais cet effet.

Je m'étais endormie sur lui, trop lasse après tant de domination et de capacités à me garder éveillée. Il pouvait être fier de lui, parce que je me sentais toujours bien baisée des heures après. Mes doutes persistaient pourtant. C'était une aventure et je devais m'en souvenir. Devenir trop gourmande de l'affection de cet homme était une mauvaise idée. La dernière personne à avoir compté pour moi s'était contenté de me baiser et de s'en aller. Il y avait aussi mon cher Papa, qui ne m'avait jamais montré aucune marque d'intérêt. Aah... J'en avais des problèmes. Et pourtant Colton donnait tous les signes qu'il en voulait... plus. Était-ce vraiment le cas ? Difficile de lire en lui.

Audrey était à l'autre bout de la cuisine, lovée contre son fiancé. Elle me fit un large sourire et un signe de la main. Je fus prise d'une pointe de culpabilité, me rappelant comment je l'avais abandonnée avec le gâteau inachevé. Elle avait dû nettoyer pendant que Colton et moi étions... occupés.

« Je suis désolée d'avoir abandonné le gâteau, » lui dis-je.

Elle balaya mes paroles d'un geste. « Je l'ai mis de côté pour plus tard, ne t'inquiète pas. »

J'étais venue pour elle, pas pour rester au lit avec un séduisant militaire. Il avait troqué son pantalon et son t-shirt contre un jean et une chemise à boutons. Il n'était pas seulement militaire, c'était aussi un cowboy.

Je regardai encore vers Audrey, réalisant que je venais d'être distraite une nouvelle fois par tant de virilité. Ah !

Je me rattraperai ce soir avec un enterrement de vie de jeune fille surprise. Becky, une des amies d'Audrey à l'hôpital, m'avait contactée pour organiser le dernier baroud d'Audrey en tant que célibataire. Je lui avais dit par email qu'Audrey ne voudrait rien de trop tape à l'œil, aussi avions-nous convenu de passer une soirée tranquille au Cody's, le seul bar de Cooper Valley. La surprise consistait en la location d'une limousine qui viendrait nous chercher dans deux heures.

J'avais fait croire à Audrey que je voulais passer du temps avec ma sœur ce soir, donc elle ne devrait rien avoir de prévu. Au moins, j'étais reposée avant de sortir m'amuser.

« Bien dormi ? » demanda Colton. Il semblait toujours grognon. Et il ne me touchait toujours pas.

« Trop bien. » Je me tournai face à lui, levai la tête et souris. « Et je t'en remercie. »

Quelque chose changea dans son expression, mais impossible de la déchiffrer. Ses yeux marron semblaient presque dorés dans la lumière de la fenêtre. Il prit une de ses grandes inspirations. « Tu t'es débarrassée de mon odeur ? »

« De quoi ? » Je retroussai mon nez sans comprendre. C'était nouveau. Les hommes ne voulaient plus qu'on se douche après l'amour ? Je poserai la question à Audrey pendant la soirée.

« Laisse tomber. Peu importe. »

Bigre. Lui n'avait pas dormi. J'aurais pensé le retrouver de bonne humeur après m'avoir baisée à n'en plus finir. A ce moment Rob apporta une assiette géante—mais vraiment géante—garnie de steaks et l'attention de tout le monde se reporta sur la nourriture. Sur la table, une cocotte débordait de pommes de terre vapeur, non loin d'une assiette de céleri et de carottes.

Colton resta à mes côtés sans me toucher, mais proche.

Il me guida vers la table, me précisant les prénoms de chaque employé du ranch au passage. Johny, Levi, Clint.

« Tellement contente de vous rencontrer, » répétai-je à chacun mais il ne me laissa pas l'occasion de m'arrêter pour serrer les mains. « Il faudrait des étiquettes à vos noms. » Je ris quand il tira ma chaise avant de s'asseoir à côté de moi. « Je crains de ne me souvenir de personne. »

« Il n'y a qu'un nom à retenir, jeune fille. » Colton se pencha sur moi le temps de piquer un steak dans le plat et de le déposer dans mon assiette.

« Ah oui ? murmurai-je d'une voix que j'espérais qu'il soit le seul à entendre. Serait-ce celui que j'ai crié tout l'après-midi ? »

« Doux Jésus, Marina. » Il me regarda avec une colère froide. « Comment diable vais-je m'empêcher de poser les mains sur toi ? »

Je fronçai les sourcils, et mon cœur se serra un peu. « Et... et pourquoi ferais-tu une chose pareille ? »

La porte extérieure claqua, mettant fin à cet instant alors que la plupart des employés du ranch sortirent avec leurs assiettes pour manger dehors, nous laissant seuls, Audrey et moi en compagnie des trois frères, ainsi qu'avec Levi et— merde, j'avais déjà oublié son nom.

« Colton, je ne m'attendais certainement pas à ce que tu me piques ma petite sœur cette semaine, » dis Audrey d'une voix faussement chargée de reproches, mais adoucie par un sourire.

Je montai une main à ma bouche. « Je suis tellement désolée ! Bien sûr, c'est pour toi que je suis venue. »

« On aurait plutôt dit que tu étais venue voir Colton, » murmura Rob. Levi rit, mais caché derrière sa serviette.

Colton leur lança un regard de tueur, bien qu'il ait été tout à fait clair sur ce qu'il m'avait fait en arrivant.

Audrey glapit et lança un petit pain à son futur beau-frère. Celui-ci l'attrapa facilement avant d'en prendre une bouchée en grimaçant.

J'eus envie de disparaitre dans le sol.

« Je suis là pour toi, » clarifiai-je, prononçant distinctement ces mots tout en fixant Rob bien que ceux-ci soient destinés à ma sœur. *Sauf que j'étais attachée au lit de Colton.* Merde. « Je te promets que je serai plus présente le reste de la semaine. »

« Ouais, c'est pour Audrey que tu es là, » ajouta Colton.

Je regardai Audrey bien que je sois un peu perdue. Donc il m'avait punie en me baisant parce que je lui avais faussé compagnie et c'était tout ? Je secouai la tête. « Nous passons du temps entre sœurs ce soir, n'oublie pas. » Mes mots sortirent d'une traite. « Et je finirai le gâteau demain, je te le promets. »

Tous les étages étaient cuits, il ne que restait le glaçage. Je pourrais terminer ça ainsi que les décorations fleuries demain matin.

Audrey fit un grand geste de la main. « Je te taquine. Et Rob aussi, manifestement. Je suis ravie que Colton et toi vous soyez trouvés. Vous méritez tous les deux de vous amuser. Qu'est-ce-qu'on fait ce soir, cela dit ? »

Je souris largement et papillonnai des sourcils en me coupant un morceau de viande. « Tu le sauras bien assez tôt ! »

« Ho ho... dit Audrey en plissant les yeux derrière ses lunettes. J'ai dû manquer un chapitre, pourquoi as-tu l'air si excitée ? Oh mon dieu, dis-moi que tu as commandé un striptease personnalisé. »

« Peut-être que oui, » dis-je en mordant dans mon steak avant de gémir tant il était juteux et délicieux. « Que c'est bon ! »

A mes côtés, Colton remua sur sa chaise et poussa tout bas un grognement animal.

J'ignorais ce qui avait bien pu lui arriver depuis tout à l'heure.

« Ouais, Rob se défend avec un grill, me dit Boyd avant de regarder Audrey. Laisse-moi te dire quelque chose, très chère. Personne d'autre que moi ne se déshabillera devant ma femme. »

« Pas de striptease, » approuva Colton, d'une voix profonde dans mon oreille. Il déposa une pomme de terre dans mon assiette. Pour quelqu'un d'aussi agacé, il était très attentif. Je ne comprenais pas.

« Du calme, les garçons. » Je levai la main en guise d'apaisement. « Je n'ai pas invité de stripteaseur au ranch. »

« Dis-moi plutôt que tu n'en pas engagé du tout, » avertit Colton.

« Je n'en ai pas engagé, un point c'est tout. » Je roulai des yeux. « Maintenant, ça suffit. Je suis nulle pour garder un secret quand je suis impatiente et je ne veux pas tout dévoiler maintenant. »

« Humm, » dit Audrey, mais elle eut la gentillesse de lâcher l'affaire. Elle avait certainement déjà compris. Ma sœur était une femme intelligente.

10

OLTON

Putain que je haïssais les surprises. Cela faisait de moi un obsédé du contrôle, mais dans mon milieu, les surprises menaient à la mort. Nous nous entrainions sans cesse, pour ne jamais être surpris.

Après dix ans passés dans l'armée, une femme haute comme trois pommes avait tout foutu en l'air. Au moins ce n'était pas une question de vie ou de mort. Sauf si un type regardait trop longtemps mon âme-sœur dans cette tenue. Pour autant, voir Marina rayonner de bonheur à l'idée de ce qu'elle avait prévu ne me permettait pas de me plaindre. Elle était adorable. Sa joie aurait été contagieuse si je n'avais pas été malade du besoin de la garder près de moi sans pour autant poser mes mains sur elle.

Et que les employés du ranch non plus. Johnny devait avoir son âge et lui tournait autour comme une mouche autour d'un pot de miel. Je savais que c'était insensé mais je ne voulais pas que les autres types pensent qu'ils avaient la moindre chance, et cela avait impliqué de la coller pendant tout le dîner. Aucun doute qu'ils pouvaient sentir mon odeur sur elle, mais je ne l'avais pas marquée. Elle était encore sur le marché, si l'un d'entre eux osait s'y risquer.

La femelle la plus chaude de la planète sortait de mon lit. Je ne devrais pas me plaindre. Mais je venais de prendre la résolution de ne pas la toucher pendant une année tout entière. Je n'étais pas sûr d'y parvenir. Ensuite j'avais repensé au pari de Boyd. Quel enfoiré.

Je ne pourrais peut-être pas la toucher, mais il était impossible que je la laisse quitter la ville sans ma protection. Cela n'arriverait jamais.

En entendant crisser le gravier dans l'allée, et après que Johny soit entré dans la cuisine pour annoncer l'arrivée de la limousine, les premiers mots à sortir de sa bouche furent, « Oh putain, non. »

« Si tu veux bien m'excuser, » demanda Marina, en posant ses mains sur ses hanches, un air de défi sur son visage. Cela me donna envie de l'allonger sur la table, et de lui retirer sa robe courte jusqu'à la faire couiner. Et elle en adorerait chaque seconde, bien entendu. Sauf que dans mon fantasme, nous étions seuls dans la cuisine.

Putain—je devais arrêter de penser avec ma bite !

« Une limousine ? » Audrey décolla de son fauteuil pour courir vers la porte d'entrée. Marina la suivit.

Je m'éclaircis la voix, cherchant de l'aide dans le regard de Boyd. Je savais qu'il ne pouvait décemment pas laisser cette immense voiture noire engloutir sa femelle pour la nuit, surtout qu'ils devaient se marier le lendemain.

Boyd échangea quelques mots tacites avec moi depuis

l'extrémité de la table. Cela devait faire un moment que je l'avais vu, mais nous avions clairement accordé nos violons car il se leva et descendit le couloir en annonçant. « Les filles, vous ne monterez pas dans cette voiture sans nous. »

Je suivis.

Marina se tourna vers moi sur le porche et roula des yeux. « Vous ne pouvez pas. C'est un enterrement de vie de jeune fille. *Pour jeunes filles.* Pas de stripteaseurs. Rien que pour s'amuser. Allez, on doit laisser à la future mariée sa dernière sortie. C'est la tradition. »

C'était une chaude nuit d'été, le temps était clément comparé à la veille. Je n'avais au moins pas ce souci à gérer, même si des orages éclataient lors de telles soirées. Hier soir n'était qu'un sombre rappel de cela, mais nos parents étaient morts dans le canyon pendant un orage. Boyd avait failli y passer aussi.

Putain, je perdais les pédales. Depuis quand je m'inquiétais pour la météo.

Deux autres filles étaient descendues de la limousine en poussant ces cris de joie féminins avant d'entrainer Audrey à l'intérieur pour lui enfiler un t-shirt à paillettes marqué « Future Mariée » ainsi qu'un diadème assorti. Boyd et moi les avions observées depuis le porche.

Quelle tradition humaine ridicule. Et nous venions de dire que nous allions les accompagner. Ouais, j'étais officiellement taré.

« Je me vois déjà avec ces cinquante dollars, » murmura Boyd, avant de me frapper dans le dos et de sauter à l'arrière de la limousine.

Les femmes étaient toutes à l'intérieur et se préparaient en riant, à l'exception de Marina. On aurait dit qu'elle laissait Audrey s'amuser avec ses amies. Elle passa la tête par la fenêtre ouverte. « Sérieusement ? La table de la cuisine est pleine de nourriture. Vous allez tout laisser en plan ? »

Boyd haussa les épaules. « Rob ne va nulle part, il s'en chargera. »

Elle ne semblait pas ravie que cette question—cette excuse, plutôt—soit résolue. « Les hommes... » Elle observa l'intérieur du véhicule. « Il n'y aura pas assez de place pour tout le monde avec vous là-dedans. »

« Audrey n'aura qu'à s'installer sur les genoux de Boyd, » dis-je, l'air buté, en essayant de repousser l'image d'elle me chevauchant pendant tout le trajet, sa robe relevée pour dévoiler plus de cuisses.

Je secouai encore la tête. Merde. La pleine lune approchait, et je me consumais pour elle. Cela ne m'avait encore jamais autant affecté. Je n'avais jamais eu ma compagne près de moi lors d'une pleine lune. J'étais damné.

« Les gars, sérieusement. C'est une soirée entre filles. »

« Désolée, ma chérie. Je crains que cela ne soit pas négociable. Colton et moi ne pouvons pas vous laisser sortir dans escorte. Nous ne supporterons pas de rester là et d'imaginer des gros nazes vous regarder alors que nous ne pouvons pas. Vous ne voudriez pas nous faire souffrir quand même ? »

J'étais reconnaissant à Boyd de plaider notre cause tant j'aurais été incapable de dire quoi que ce soit de sensé en cet instant. Pas avec les effluves de vanille et de cannelle qui emplissaient la limousine, mettant mes sens à rude épreuve.

« Très bien, vous pouvez venir. » Elle avait capitulé, comme si elle avait eu le choix. « Nous ne faisons rien de terrible, juste un bar appelé Cody's, expliqua-t-elle, comme si cela allait nous faire changer d'avis. La limousine est là pour nous garder en sécurité. »

Boyd lui fit un clin d'œil. « Ma chérie, je sais que tu

l'aimes aussi, mais personne n'emmène ma femme hors de ma présence sans que je sois là pour la protéger. »

« Elle ne courra aucun danger, » protesta Marina.

« Elle est rapidement fatiguée ces derniers jours—» Boyd ferma la bouche.

« Et pourquoi est-elle fatiguée rapidement ces derniers jours ? » demanda Marina en relevant un pâle sourcil.

Cela me prit un moment pour lire entre les lignes. Mais quand il secoua rapidement la tête en disant, « Peu importe. »

Boyd et Audrey avaient gardé cette nouvelle pour eux. Elle allait avoir un louveteau. Cela ne me surprenait pas le moins du monde. Ils s'étaient déjà accouplés. Cela faisait deux mois qu'ils étaient ensemble maintenant. Il avait dû la mordre, la revendiquer dans la semaine. S'ils baisaient au même rythme que ce que j'envisageais de faire avec Marina, alors il était impossible qu'Audrey ne soit pas enceinte.

« Oh mon dieu, » glapit Marina, en grimpant dans la limousine, dévoilant ses cuisses nues. Ce qui me donna envie de soulever cette jolie robe et lui faire un bébé moi aussi, sur le champ. « Je suis tellement excitée à l'idée de devenir tata ! »

« C'est quoi cette histoire de tata ? » demanda une des autres filles en montant dans la voiture. Deux autres suivirent et se présentèrent. Becky, Anna et Leigh. Elles travaillaient à l'hôpital avec Audrey et devaient avoir à peu près son âge. Elles étaient ravissantes dans leurs tenues de cowgirls, même si mon loup s'en moquait. Tout comme moi, pas avec une jolie petite chose comme point de comparaison.

Marina avait raison. Il n'y avait pas de place pour nous tous dans la limousine. Alors que les femmes se serraient sur la banquette, il devenait évident que nous ne tiendrions pas tous.

« Euh, soit tu t'en vas, soit je devrai m'asseoir sur tes genoux, » m'informa Marina.

Je bandai à nouveau. Cela semblait devenir un état permanent quand elle était autour de moi, ce qui n'aidait pas beaucoup. « Je ne partirai pas. »

« C'est ton choix, » claironna-t-elle, manifestement pas trop déçue à l'idée de déposer sur moi son ravissant derrière. Je parvins à me contenter d'un bras autour de sa taille et de maintenir ainsi son fessier délicat contre ma queue en érection.

J'avais les couilles qui remontaient.

Et ce serait le roman de ma vie pendant l'année à venir.

Comment pourrais-je y survivre alors que mon cerveau semblait avoir élu domicile dans ma queue ?

Audrey grimpa en dernier, son visage protégé de ses cheveux par le diadème placé sur sa tête. Elle semblait heureuse—comme toujours depuis qu'elle avait rencontré Boyd—mais aussi excitée. C'était un moment spécial pour elle, et j'étais ravie que ses amies soient là pour en profiter avec elle. Mais je ne laisserais aucune de ces femmes se rendre au Cody's sans un chaperon. Elles étaient trop belles et trop douces pour ne pas se faire importuner par des connards. Cet endroit était un repaire de machos en quête d'un morceau de viande. Audrey avait manifestement une étiquette « casée » sur elle, mais pas Marina, ils n'en feraient qu'une bouchée.

« Je suis désolée ma chérie. Je ne lui ai rien dit. Elle a deviné. » Boyd attrapa sa future femme et l'installa sur ses genoux avant que la limousine ne se mette en mouvement. Il déposa un baiser dans son cou et passa un bras sur son ventre encore plat.

Les autres amies d'Audrey poussèrent une série de hurlements et de félicitations, qu'Audrey tenta de contenir. « Ne dites rien à l'hôpital, avertit-elle. C'est le tout début. Je ne veux rien annoncer avant le deuxième trimestre. » Elle travaillait en obstétrique, elle savait de quoi elle parlait.

Elle regarda vers Boyd. « Ce n'est pas moi qui monterait sur le taureau ce soir. »

Il embrassa la zone où il l'avait mordue. « Le taureau mécanique ? Putain, non. C'est moi sur qui tu vas monter et je te promets que tu t'amuseras tout autant. »

Audrey rit et les autres filles s'éventèrent.

« Nous pouvons aussi laisser la limousine nous emmener à notre cabane et tu auras ton taureau dès maintenant. »

Audrey essaya de remuer sur les genoux de son compagnon. « Oh non. Je ne peux pas boire, mais j'ai bien l'intention de m'amuser. »

« Je suis tellement heureuse, Audrey. Marina posa une main sur le bras de sa sœur. Cette fois-ci, sa voix était chargée de larmes.

Je la serrai contre moi. Impossible de me retenir. Elle était une petite chose si exubérante. Si pleine de vie, de rire, d'émotions. Je n'avais jamais réalisé à quel point j'étais devenu monomaniaque et ennuyeux dans l'armée. A côté d'elle, j'étais un homme de pierre. Elle était toute en couleur.

« J'espère que je ne vais pas gâcher la fête. Pas de taureau mécanique, pas d'alcool, » dit Audrey dans un sourire.

« Nous boirons pour toi, » proposa Becky, les autres filles hochèrent la tête en guise d'acquiescement.

« Nous avons tant à fêter, » déclara Marina. « Et ce n'est pas parce que tu es enceinte que tu ne peux pas danser. »

« Humm, le Cody's n'est pas vraiment le gendre

d'endroit où on danse, dit Leigh. Mais nous trouverons bien quelque chose. »

La vision de Marina dansant dans cette petite robe m'arracha un grognement.

Je ne survivrais pas à cette nuit.

Une heure plus tard, je frôlais la mort. D'une certaine manière, la très autoritaire Becky, comme je la voyais désormais, avait fait vider une partie du bar, et les filles, ainsi que d'autres clients en mal d'amusement s'adonnaient à des danses en ligne. Aucune d'entre elles ne m'intéressait, mais la robe de Maria tournait à chaque mouvement. Je voyais de plus en plus haut ses cuisses pales, et cela signifiait que c'était aussi le cas de tous ces enfoirés dans le bar.

Notre conversation de tout à l'heure sur le fait qu'elle porte une culotte ou non me donnait envie d'arracher les yeux de tous hommes du bar. Si je me posais la question alors eux aussi.

« Je suis impressionné, » me dit Boyd qui se tenait à côté de moi. Nous étions adossés au mur près des tables de billard avec une vue dégagée sur les filles. La musique country jaillissait des haut-parleurs intégrés qui battaient la mesure en même temps que mes tempes.

Il sirota une gorgée de bière. J'avais la mienne dans la main mais je n'en avais pris que quelques gorgées.

« Par quoi ? » demandai-je, les yeux rivés sur ma femelle.

« Que tu ne l'aies pas encore sortie de là. »

Deux femmes se rendant aux toilettes nous bouchèrent la vue et je perdis Marina de vue. J'eus envie de les étriper, preuve que je perdais les pédales.

Quand je la revis, deux secondes plus tard, elle faisait deux pas sur le côté, en rythme avec les autres, avant de tourner sur elle-même, faisant s'envoler sa jupe.

« Putain, » me dis-je à moi-même. Boyd rit. « Ta femme y est aussi. »

« Ouais, mais la mienne porte un jean et ne se dévoile pas complètement—»

Je me tournai vers lui et l'interrompit. « Chut. »

Il leva les deux mains, et sa bière par la même occasion. « La mienne porte ma marque sur son cou et mon bébé dans son ventre. Et toi, tu ne la touches pas. »

Je grognai, agacé. Ouais, Boyd n'était que le messager. Mais quand même. Rien d'autre ne me liait à Marina que mon loup qui me criait qu'elle m'appartenait. Sa place était là, à s'amuser, à laisser les hommes lorgner sur ses jolies jambes. C'était la vie d'une fille de vingt-et-un ans. Son sourire et ses joues rouges indiquaient qu'elle s'amusait. Audrey était à côté d'elle et elles riaient toutes les deux. Cela n'avait rien de déplacé. La robe légère de Marina la couvrait plus que les tenues de certaines femmes. Elle ne regardait même pas les autres hommes.

Et pourtant j'avais envie de la jeter sur mon épaule et de la sortir de là. Mais si je le faisais, tous les clients du bar profiteraient de son ravissant petit cul, et celui-ci n'était qu'à moi.

Je me passai une main sur le visage et Boyd me donna une tape dans le dos. « Bienvenue au club, frangin. Je vais m'en donner à cœur joie avec ces cinquante dollars. »

Putain. *Putain.*

Je ne pouvais ni l'avoir, ni la laisser tranquille.

Quand un type plus âgé qu'elle, plus proche de mon âge les rejoignit et commença à danser près d'elles, je vis rouge. Mon loup eut envie de lui arracher la tête.

Je fis un pas en avant, mais la main de Boyd se posa sur mon bras. « Tout doux. »

Je grognai quasiment en le regardant. « Facile à dire pour toi. Ta femme porte un jean. »

Sur ce, je partis. Marina n'était peut-être pas à moi, mais elle n'était pas non plus à ce connard aux fesses moulées dans son jean. Si elle voulait se frotter à quelqu'un, ce serait à moi. Sauf que je ne pouvais rien faire en retour.

Fait chier.

11

$\mathcal{M}$ARINA

JE N'AVAIS PAS IDÉE que la danse en ligne serait si amusante. Becky et les autres filles de l'hôpital étaient hilares et auraient pu participer à une compétition. Et en plus elles étaient adorables dans leurs jeans et leurs bottes de cowgirls. Leigh l'était encore en plus avec son chapeau et ses nattes. Audrey ne se débrouillait guère mieux que moi, mais elle s'amusait autant, malgré son t-shirt ridicule et son diadème.

C'était pour ça que j'étais venue dans le Montana. Pour passer du temps avec ma sœur, pour m'oublier un peu. Certes, je m'étais un peu oubliée avec Colton, ce qui était une toute autre source de distraction. En tournant avec les autres, j'aperçus Colton et Boyd qui nous observaient. Bien sûr.

J'aurais dû être agacée qu'ils pensent que nous ayons

besoin de gardiens, mais à les voir adossés au mur de cette manière, nous nous se sentions plus observées par deux hommes très possessifs que par des baby-sitters. Ils nous laissaient de l'espace mais c'était évident qu'ils étaient là. Ils se mêlaient à la foule du Cody's. L'un comme l'autre avaient des airs de cowboy. Boyd avec son éternel chapeau—je me demandais s'il le gardait pour dormir, ainsi que sa ceinture de rodéo. Colton n'avait pas de chapeau, et avec son jean et sa chemise, il était plus passe-partout. Cela dit, son attitude ne laissait aucun doute sur son identité, à la manière dont son regard se promenait sur la salle, comme pour me protéger d'éventuels dangers.

Il y avait des beaux gosses partout. J'avais beau être jeune, je n'étais pas stupide. Je savais qui flirtait avec moi. Mais pas Colton. Certains devaient avoir un âge plus proche du mien, mais ils avaient des têtes de garçons. Comme les types de la fac. Je me demandais s'ils me fesseraient ou m'attacheraient. Je me demandais s'ils me prieraient de les appeler *Monsieur* quand je serais nue. Cela m'étonnerait. Je ne me voyais pas mouiller pour eux non plus. Aucun d'entre eux n'arrivait à la cheville de Colton.

C'était pour ça qu'à la fin de la chanson, c'est pour lui que mes tétons pointaient en le voyant fendre la foule pour me rejoindre. Depuis mon réveil, j'avais reçu des signaux contradictoires de sa part. Il m'avait à peine touchée, mais il ne pouvait me quitter des yeux. Il me fixait comme un faucon depuis notre entrée dans ce bar, et maintenant il se dirigeait vers moi. Je me léchai les lèvres en espérant qu'il me prenne sur son épaule, comme il l'avait fait plus tôt dans la cuisine.

Mais c'était la dernière soirée d'Audrey en tant que célibataire. Peu importe le nombre d'orgasmes auxquelles j'aspirais… rien qu'à le voir si séduisant. Son regard était presque pénétrant, me rappelant l'instant où il m'avait arrachée à la rivière en furie. Comme s'il n'y avait plus personne d'autre sur Terre. Il renifla et se mit à grogner. Ou du moins je crus que c'était un grognement couvrant la musique.

« Allons prendre un verre. »

J'acquiesçai. Il voulut me prendre le bras, mais comme auparavant, il se ravisa et se contenta d'un signe de la main en direction du bar. Je regardai en arrière Audrey et Boyd juste derrière nous. Boyd pria un homme de se pousser d'un tabouret et y installa Audrey. J'avais du mal à me faire à l'idée qu'Audrey soit enceinte.

Le genre de famille dont j'avais toujours rêvé—deux personnes s'aimant à l'obsession ayant un bébé qui deviendrait le centre de leur monde—se trouvait devant moi. Elle grandissait doucement. J'étais passablement jalouse de ce qu'elle avait, mais elle le méritait. Après que mon père se soit comporté comme un connard et quitte sa mère, Audrey avait dû se construire toute seule *et* soutenir sa mère dépressive… Ouais, le diadème qu'elle portait aurait mérité de vrais diamants.

Je m'appuyai contre le bar, Colton collé à moi, son pied reposant sur la barre en laiton pendant qu'il faisait signe au barman.

« Où sont les autres ? » demandai-je.

Audrey pencha la tête, faisant bouger son diadème et regardai autour d'elle. Levant le bras, elle le pointa vers le fond de la salle. Comment avais-je pu manquer Becky qui chevauchait le taureau mécanique. Celui-ci la secouait d'avant en arrière, mais elle tenait bon, sa main libre se balançait au-dessus de sa tête. Je ne distinguai ni Anna ni Leigh dans la foule, mais elles devaient être là.

« Quelle rebelle, » dis-je à Audrey.

Elle acquiesça en remontant ses lunettes. « Et une incroyable infirmière. Elle est bien plus douée sur ce taureau que moi. »

« Tu as déjà essayé ? demandai-je à ma sœur un peu guindée. Pourquoi n'en ai-je jamais entendu parler ? »

« Elle s'en est très bien sortie, » dit Boyd en embrassant Audrey sur la tempe.

Audrey sourit mais leva les yeux au ciel. « Juste une fois, clarifia-t-elle. Eh bien, le temps où je pouvais chevaucher des taureaux est révolu, comme pour Boyd. »

Le barman arriva avec des bouteilles d'eau et les déposa devant nous. Colton en déboucha une pour me la passer. Je fronçai les sourcils. « Je voulais une autre vodka citron, » dis-je. Je n'avais pas l'intention de m'enivrer mais ce ne serait pas un enterrement de vie de jeune fille sans un peu d'alcool. « Je bois pour Audrey. »

Alors, le serveur revint avec ma boisson préférée—ce qui prouvait que Colton m'avait observée de près—et un Shirley Temple, dont Audrey attrapa immédiatement la cerise confite qu'elle fourra dans sa bouche.

« Bois ton cocktail, mais de l'eau avec. »

Bien, il avait la paternité dans la peau. Autoritaire, mais mignon.

Je pris mon verre et le regardai à travers mes cils. Je n'aurais su répondre autre chose que *d'accord* ou *oui*, alors je ne dis rien.

« Alors Colton, tu dois rentrer quand à la base ? » demanda Audrey.

Je me figeai et perdis un peu de mon entrain. Je n'avais pas oublié que tout ceci n'était que temporaire, mais j'aurais préféré. Il allait rentrer en Caroline du Nord. Il me restait quelques semaines avant la rentrée... dans un autre fuseau horaire. A l'autre bout du pays. Et en aucun cas mon imaginaire ne me laissait entrevoir la possibilité que ce que nous avions commencé cette semaine ne mène à quoi que ce soit. Pas maintenant du moins.

« La semaine prochaine, » répondit-il.

« Boyd m'a dit que tu pourrais ne pas rempiler ? » Elle aspira sa boisson avec la paille.

Colton jeta un œil mauvais à son frère. « Il a dit ça ? »

« Alors ? » demandai-je, curieuse. Nous avions un peu fait les choses à l'envers, baiser d'abord et poser les questions après. C'était intéressant de savoir où il se situait, en termes d'importance donnée à sa carrière. Je supposai que, comme la plupart des gens, c'était important pour lui. « Tu quitterais l'armée ? »

Il haussa négligemment les épaules, comme si ce n'était pas une décision importante. « Une partie de moi retournerait bien en opérations. »

« En Afghanistan ? » J'en eus soudain la bouche sèche. J'avais compris de nos quelques mots échangés dans la chambre du motel qu'il y avait été envoyé plusieurs fois. Les racines de son cauchemar. Pourquoi voudrait-il retourner s'il avait la possibilité de prendre sa retraite ? Il n'était pas vieux, mais quand même.

« Là où on nous enverra. Et toi ? Il te reste une année d'études ? »

A mon tour de hausser les épaules. « Ouais, je ne vis pas sous la menace d'un ennemi ou d'une bombe artisanale dans mon département d'ingénierie. »

« Ce séjour vous fera des vacances, à tous les deux, répondit Audrey. Je suis seulement contente que vous soyez là. »

Elle se pencha vers moi. « Nous pourrions faire quelques danses en ligne pendant la réception demain soir.

« Oh que non. Nous nous sommes mis d'accord, » dit Boyd en prenant la main d'Audrey pour en embrasser la bague de fiançailles. « Et une heure, la réception. Ensuite, je te veux pour moi tout seul. »

« Nous avions dit deux heures, répliqua-t-elle. Sans compter que nous avons déjà fait le bébé que tu ne devais mettre en moi que... demain soir. »

« Je n'y peux rien si je suis si prolifique. »

« C'est l'ADN des loups, » dis-je.

Audrey et Boyd tournèrent la tête vers moi si brusquement que je crus qu'ils allaient se briser la nuque. Le corps de Colton se tendit contre le mien. J'avais dit une bêtise ? Je regardai Colton et demandai, « Quoi ? »

« Comment ça des *loups* ? » demanda-t-il à voix basse.

Je fronçai les sourcils. « C'est bien là que vous habitez, non ? Le ranch des loups. »

Il remua le coin des lèvres et soupira. « C'est exact. »

Boyd rit et prit une gorgée de bière. Audrey sirota sa boisson.

Je les regardai en me demandant ce qui avait bien pu se passer.

Becky, Leigh et Anna arrivèrent alors. Boyd et Colton reculèrent pour former un petit cercle autour d'Audrey.

« Je suis tellement excitée à l'idée qu'ils aient un bébé, » dis-je à Colton.

Il recula quand j'approchai. Il continuait de me renifler. Sentais-je si mauvais ?

Aïe. Ou alors je ne l'intéressais plus ?

Non, c'était impossible. Je l'avais senti tellement dur quand j'étais assise sur ses genoux. Il me fixait.

Cela devait être la phobie des marques d'affection en public. Bien sûr que c'était ça.

« Tu veux des bébés ? » demanda Colton d'un œil sombre.

« Je suis très heureuse pour le leur. Mais ça ne m'intéresse pas d'en avoir un maintenant, ni même rapidement. »

Colton s'écarta encore un peu. « C'est vrai, tu es jeune. Tu as toute ta vie devant toi. La vie dans une grande ville, et bientôt un boulot dans un gros cabinet d'ingénieurs. »

Et tout à coup, et peut-être parce que c'est Colton qui l'avait dit à voix haute, je trouvai que cela sonnait horriblement faux. J'aurai mon diplôme, certes, mais l'idée de passer ma vie coincée à Los Angeles, prise dans les perpétuels bouchons et avoir un métier ennuyeux où j'étudierai des plans d'immeubles ou de ponts... baah.

Je voulais ce qu'Audrey avait. Un homme qui me regarderait comme Boyd. Qui me traiterait comme si j'étais précieuse, même si je savais que leur vie amoureuse n'avait rien d'ordinaire. Douce et sauvage, comme Audrey.

Et je sentais que je l'avais trouvé moi aussi, ou du moins les contours, avec Colton. La connexion était indéniable. La chaleur. Peut-être était-ce la manière dont les frères Wolf avaient été élevés, mais j'aimais que Colton prenne les décisions. Au lit comme en dehors. J'aimais qu'il ressente le besoin de veiller sur moi dans le bar. Même si cela semblait le mettre de mauvaise humeur. Comme s'il n'osait pas me quitter des yeux.

J'avais envie de tout avec lui, mais ce n'était même pas envisageable. Il avait été très clair sur le fait qu'il était militaire. Affecté sur tout le territoire, il était dévoué à ses hommes, en tant que chef. Il prenait leur entrainement, et leurs vies, très au sérieux. Renoncerait-il à tout ça pour moi ?

Bien sûr que non. Il avait clairement dit que c'était juste

une aventure quand je l'avais séduit pour le trainer dans cette chambre. Il avait dit oui mais jouait maintenant les Sainte Nitouche. Fin de l'histoire. J'avais eu exactement ce que j'étais venue chercher. Et cela me semblait bien pourri.

« Allez ! » cria Becky en tirant Audrey de son tabouret si fort qu'elle faillit renverser son verre sur Boyd.

« Allons-y Marina, » dit Anna dont les épaules se balançaient déjà au gré de la musique. « Oohhh, j'adore cette chanson. Allons danser, encore et encore. C'est le moment de la *Git up Dance*, tu l'apprendras un en clin d'œil. »

Je posai mon verre sur le bar et rejoignis les autres, lançant un dernier regard à Colton avant que la foule ne se referme sur moi.

C'était mieux ainsi. J'étais là pour Audrey, et cette soirée était à nous. Colton et moi étions venus assister au mariage, mais c'était tout. Certes, il m'avait attachée et bien baisée il y a à peine quelques heures, mais la réticence qu'il affichait maintenant était criante.

Oh mon dieu. C'était donc ça. Le sexe de tout à l'heure était une punition. Il l'avait dit. Il m'avait fessée et torturée en me faisant languir pendant des heures. Il se vengeait pour ce que je lui avais fait dans la chambre de motel.

Je l'avais séduit et il me punissait pour ça. Bien sûr que j'avais aimé sa punition, mais cela faisait sens. Cela allait de pair. La vengeance était cruelle. Et incroyable.

Je l'avais déjà sentie auparavant. La fin. Je savais quand c'était terminé. Je pris une grande inspiration et simulai un sourire. C'était la soirée d'Audrey. Je n'allais pas pleurer la fin d'une histoire qui n'avait pas vraiment commencé.

Je n'aurais jamais ce qu'Audrey et Boyd avaient trouvé. Pas ici. Pas maintenant. Pas avec Colton. Je ferais mieux de le remercier pour m'avoir montré ce que je recherchais dans mes relations physiques avec les hommes. Ce sont j'avais besoin et dont je me languissais, et partir à la recherche de mon plaisir. J'avais besoin de me concentrer sur ce qui allait durer, et c'était ma relation avec ma sœur, alors je m'alignai sur les filles, prête à danser jusqu'au bout de la dernière nuit d'Audrey en tant que célibataire. Et à me lâcher un peu.

 OLTON

UNE FOIS ENCORE. Impossible de fermer l'œil.

Sachant que je ne pourrais rester allongé à ses côtés sans la marquer, je l'avais déposée dans la chambre d'amis avec un baiser sur le front une fois que la limousine nous avait raccompagnés.

J'avais lu le désespoir dans ses yeux, puis la compréhension. Elle sentait que je la rejetais. Elle n'était pas idiote.

Elle ne pouvait rien y faire. Je ne pouvais pas vraiment lui avouer que je rêvais de planter ms crocs dans sa chair tendre. Cela ne passerait pas bien. A la place, elle pensait que j'en avais fini avec elle.

Mais j'en étais très loin, putain. Peut-être qu'une fois qu'elle serait à moi, je pourrais trouver le repos. J'espérais. En attendant, j'étais coincé dans ce putain de purgatoire.

Je me disais que c'était le résultat de la folie de la lune.

Le loup en moi devenait fou de ne pas l'avoir encore revendiquée, et pas seulement à cause de la pleine lune qui se lèverait dans douze heures. Juste parce qu'elle se trouvait au bout du couloir. Putain je l'entendais faire les cent pas dans sa chambre.

Ça avait été une véritable torture de garder un œil sur elle au Cody's. Les hommes n'avaient eu d'yeux que pour elle, et je ne pouvais même pas leur en vouloir. Je voulais leur arracher la tête, Marina renvoyait une sacrée image. Impertinente, drôle, légère. Elle était petite mais elle était capable d'illuminer une pièce ou même un bar tout entier. Et ce n'était pourtant pas elle qui portait cet affreux t-shirt et le diadème assorti.

Putain, j'en souffrais. J'avais tant besoin d'elle. J'aurais pensé que la trouver me calmerait enfin, mais c'était le contraire.

Heure par heure. Minute par minute. Comment allais-je gérer tout ça pendant la pleine lune, et pendant une année scolaire.

Je ne rêvais que de la baiser follement avant de planter mes crocs dans la chair de son cou. La faire jouir pendant qu'elle serait à moi, la remplir de ma semence, la marquer dedans comme dehors.

Comment Boyd y était-il parvenu sans mettre Audrey en danger ? Il avait manifestement réussi. Mais c'était une des raisons pour lesquelles il nous était interdit de nous accoupler à des humaines. Nous ne faisions pas de mal aux femmes. Point final. Et Boyd était le seul métamorphe que je connaissais à s'être accouplé à une humaine. Cela tenait encore de l'époque où la moindre blessure superficielle pouvait causer une infection jusqu'à la mort. Sans compter le risque de toucher une artère et de la tuer sur le champ. Les humains étaient aussi exclus dans la mesure où cela augmentait le risque de donner naissance à louveteau imparfait—un métamorphe qui ne serait pas capable de se transformer.

Il y a un temps où j'aurais considéré que ce serait le pire scénario. Mais pourtant j'étais là, me languissant d'une humaine en qui je pourrais faire grandir un louveteau. Et si notre progéniture ne pouvait pas se transformer ?

Eh bien, ce serait parfait. Tant qu'ils seraient en bonne santé et heureux, cela me serait égal. Cela signifiait que je garderais Marina près de moi, là où était sa place. Et non pas à l'autre bout du couloir.

Je me demandai si Boyd avait pensé la même chose à propos de son futur louveteau. Je pensais que oui.

Ayant abandonné tout espoir de dormir, je m'étais levé à l'aube pour courir —sous ma forme humaine—parce que nous ne laissions sortir nos loups que dans la montagne. J'avais poussé jusqu'à quinze kilomètres mais ma tête semblait toujours sur le point d'imploser.

En me dirigeant vers la douche, j'avais entendu le réveil de Marina résonner dans sa chambre, suivi d'un grognement.

Elle devait terminer le gâteau en le glaçant. C'était l'excuse que j'avais avancée pour ne pas la trainer dans ma chambre et la baiser sauvagement toute la nuit. Je l'avais lu dans ses yeux, elle ne m'avait pas cru.

Ouais, je ne me serais pas cru non plus, surtout quand ma queue se dessinait ostensiblement sous mon pantalon.

Je ne pouvais plus coucher avec elle. Non. NON ! Je devais me conduire normalement, comme si nous nous étions bien amusés, mais que tout était fini désormais. Parler. *Faire des choses.* Habillés. C'était la seule manière de survivre à la prochaine pleine lune sans la mordre et ruiner sa vie.

Je m'arrêtai net au sommet des marches en l'entendant quitter sa chambre. Elle portait un débardeur—sans soutien-gorge—et un short en toile de jean rouge qui me donna envie de faire tout un tas de choses coquines avec son petit cul.

Regarde-la dans les yeux.

« Bonjour. »

« Salut. » Elle sembla surprise de me voir. Un peu agacée.

« Tu descends dans la cuisine ? »

« Euh, oui. Je dois terminer le gâteau. »

« Exact. Je vais t'aider. » Quoi ? Putain, j'avais vraiment dit ça ? Je n'y connaissais rien en gâteaux.

« Ah oui ? Tu as déjà glacé un gâteau ? »

« Jamais, avouai-je. Mais j'apprends vite. Ou sinon, je peux te distraire pendant que tu travailles. »

J'avais en tête de nombreuses idées pour la distraire *avec* le glaçage. En l'étalant partout sur son corps.

Putain. Je grognai et elle écarquilla les yeux.

« Ok sergent, » dit-elle.

« Sergent-chef, » rectifiai-je en regardant ses tétons pointer.

Pour quelle raison ? Mon grade ? Ou bien le ton autoritaire sur lequel je l'avais annoncé.

D'une manière ou d'une autre, ma compagne aimait bien se faire dominer, ce qui présageait au mieux pour notre vie sexuelle... *après qu'elle soit diplômée,* mais pour le moment cela ne me facilitait pas la tâche.

Je m'étais déjà branlé deux fois la nuit dernière et ce matin avant ma course pour relâcher un peu de pression, mais je bandais déjà pour elle. Mon nouvel état permanent.

« Je vais prendre une douche rapide et je te rejoins. »

Elle acquiesça et passa à côté de moi. Je pris une douche

militaire, de deux minutes, et m'habillai en moins de cinq pour la rejoindre dans la cuisine.

Je nous y servis tous les deux une tasse de café de la cafetière que Rob avait dû préparer avant d'aller accomplir ses tâches au ranch. « Et si je te faisais un petit déjeuner ? »

Choyer. Voilà quelque chose qu'un compagnon loup savait faire. Cela devrait trouver écho auprès d'une humaine, n'est-ce-pas ? « Excellente idée. » Elle se mit à l'œuvre avec efficacité, sortant des saladiers, le beurre et le sucre en poudre.

« Qu'est-ce-qui te ferait plaisir ? demandai-je. Des pancakes ? Des œufs ? »

« La même chose que toi, » dit-elle en me regardant par-dessus son épaule.

« Hum, tu n'es pas facile, hein ? » j'avais envie d'embrasser la limite de son cou et de sa clavicule. J'avais envie de lui retirer son petit short.

Non. *Petit-déjeuner. Putain !*

« Donne-moi un indice. Qu'est ce qui te ferait envie ? »

Mon dieu, pourquoi ces mots sortaient-ils de ma bouche ?

Elle avait tant à faire. Je devais me tenir loin d'elle et l'aider à réaliser ses objectifs. Et en l'espèce, je devais la laisser finir son gâteau.

« Des pancakes alors. Ou une tartine. »

« Pancakes, alors. » J'étais soulagé d'avoir une indication. Je complétai ma liste mentale des choses qui rendaient Marina heureuse.

Je fis un crochet par le frigo de mon frère et par le garde-manger en quête des ingrédients. Il y avait un gros paquet de myrtilles dans le congélateur, comme si un métamorphe ours s'était annoncé, je le sortis également. « Tu aimes les myrtilles dans tes pancakes ? » demandai-je en refermant la porte.

« Oui j'adore. »

Je me demandais comment elle rendait les mots les plus simples aussi sulfureux.

Je préparai un saladier de pâte à pancakes—gardant entre nous toute la longueur du plan de travail—avant de jeter un paquet entier de bacon dans la poêle parce que mon loup demandait de la viande à chaque repas. Pendant que je m'affairais, Marina voletait dans la cuisine comme un papillon. Si colorée et si lumineuse. Elle était efficace dans ses gestes, sortant les étages du gâteau du frigo, et la spatule métallique. A en juger par la taille du plat, le produit fini ne serait pas immense, mais il nourrirait facilement la vingtaine d'invités.

« J'ai compris que... hum, que notre petite aventure est terminée. Ne t'inquiète pas pour moi. »

Mon loup hurla de l'entendre dire une telle chose et me cria de lui dire le contraire. Mais je ne pouvais pas. Je me figeai en la fixant.

Elle détourna le regard. L'absence de réponse en avait dit plus que les mots ne l'auraient fait.

« Tout va bien. Mais, euh... Dis m'en plus sur toi, Colton Wolf, » demanda-t-elle, juste avant de lécher son doigt couvert de glaçage.

Ma vue s'affina, m'indiquant que la couleur de mes yeux avait dû changer. Je clignai en tournant la tête. Ma queue venait de s'écraser contre ma fermeture éclair. Je n'aurais su dire si c'était parce que ses lèvres avaient prononcé mon nom, ou si c'était parce que je les imaginais autour de ma queue. Certainement les deux.

J'étais proche de perdre le contrôle dans la cuisine. De lui arracher ses vêtements et de la revendiquer de la manière la plus rude possible. Lui montrer que notre aventure ne finirait jamais. Lui montrer que cette histoire n'avait rien d'une aventure. Mais que pouvais-je dire ?

Je suis un métamorphe et je veux te mordre à la gorge et marquer pour que tu ne puisses plus partir. Ah oui, et oublie la fac et tous tes rêves d'enfants.

Je m'éclaircis la gorge. « Que veux-tu savoir ? »

Elle se lava les mains dans l'évier. « Absolument tout. »

Mon cœur se serra. Je jure que jamais dans ma vie ce n'était arrivé, pas même au combat ou à la mort de mes parents. J'étais à la fois un loup et un Béret Vert. Je ne montrais pas d'émotions. Mais entendre cette petite humaine demandant à tout savoir de moi était un signe.

Elle semblait sur le point de tomber amoureuse. Si elle n'avait voulu que ma bite, elle aurait retiré son haut et étalé du glaçage sur ses tétons avant de me demander de la lécher.

Une idée aussi alléchante que dangereuse, mais pour en revenir à l'essentiel, c'est de l'amour qu'elle recherchait. Alors qu'une vague de chaleur déferlait en moi, je me demandai si nous pourrions... sortir ensemble ? Putain, je ne savais même pas comment faire.

« Quel est ton plat préféré ? » demanda-t-elle.

« Un bon steak, répondis-je sans réfléchir. Je suis un carnivore de la tête aux pieds. J'ai grandi dans un ranch du Montana. »

Elle avait disposé les couches de gâteau avant de déposer une feuille de papier sulfurisée rectangulaire sur le plat de présentation. Attrapant la spatule, elle commença à glacer le premier étage. « Chocolat ou vanille ? »

« Vanille. »

« Sucré ou salé ? »

« Humm. D'ordinaire je te répondrais salé, mais tu pourrais me faire changer d'avis. »

Elle rit tout en restant concentrée sur sa tâche. Je retournai le bacon. « Pourquoi ? »

« Parce qu'en cet instant, je meure d'envie de gouter ton gâteau. Ou ton glaçage. Ou quoi que tu saches faire. »

« Ah oui ? » ronronna-t-elle. Elle trempa un autre doigt dans le saladier de glaçage et traversa la cuisine en le tendant vers moi.

« Oh putain, » grognai-je, sentant ma bite palpiter. Je ne pourrais résister. Quel loup en serait capable ? Je pris son doigt dans ma bouche et le suçai goulument. « Tu es tellement douce, » dis-je.

Elle rit, et je ne lui avais jamais connu d'expression aussi radieuse. « Ce n'était pas exactement moi, mais je prends le compliment quand même. » J'avais envie de la prendre dans mes bras, mais mes pancakes aussi avaient besoin d'être retournés.

« Garde cette pensée un instant, » la suppliai-je, en me retournant vers la cuisinière pour retourner les quatre pancakes aux myrtilles.

« Tu as déjà—» Elle détourna le regard et s'éclaircit la voix ? « —été marié ? Ou connu une relation sérieuse ? »

Mon cœur accéléra. Elle ne demandais vraiment qu'à tomber amoureuse.

Je secouai la tête. « Jamais rien de sérieux—» Je m'interrompis car j'étais sur le point d'ajouter *avant toi.*

Elle allait retourner à la fac. *Elle allait retourner à la fac.* Je devais me le répéter en continu.

La curiosité s'alluma dans ses yeux verts. « Jamais ? »

Je secouai la tête. « Non, mais, euh… je pense que je pourrais être prêt. Bientôt. A me caser. » Je tournai la tête vers la gazinière et versai les tranches de bacon dans une assiette.

« Et les Bérets Verts ? »

« Ouais, répondis-je. Je dois aussi prendre une décision à ce sujet. Comme je disais hier soir, c'est le moment de rempiler, et bien entendu, mes supérieurs et mes hommes me mettent une pression de dingue pour que je reste, mais je ne sais pas. Je pourrais être prêt à rentrer à la maison. » Je regardai par la fenêtre, par-dessus l'évier, et profitai de la plus belle vue sur le ranch des Loups. « Surtout avec Boyd et Audrey qui ont lancé la nouvelle génération de petits loups. »

Je fis glisser les quatre premiers pancakes sur une assiette que je couvris d'une seconde pour les garder chauds.

« Petits loups ? » rit elle.

Oh putain de merde, je ris aussi pour couvrir mon lapsus. « Oui, des petits loulous, des bébés. »

« *Petits loups*, c'est adorable. Je n'aurais jamais pensé que tu puisses être mignon. »

Mignon. Oh mon dieu. « C'est une vieille expression de famille. » Je versai assez de pâte pour quatre pancakes supplémentaires avant de dresser la table. Rien n'avait changé de place depuis mon enfance. La maison était à Rob, et à moi, depuis la mort de nos parents, mais il n'y avait apporté aucun changement. Il ne l'avait pas voulu, peut-être au début parce que c'était trop dur, puis ensuite parce qu'il n'avait pas trouvé sa femelle. Je doutais qu'il accorde une grande importance à l'emplacement des couverts, mais s'il voulait déplacer les objets, qu'il ne se prive pas.

Papa avait bâti la cuisine selon les directives de Maman. Et je n'avais aucun doute que Rob se plierait en quatre pour sa compagne, le moment venu. Je comprenais pourquoi.

Marina avait déjà empilé deux nouvelles couches de gâteau sur la première et poursuivait le glaçage de l'ensemble.

« Tu travaillerais au ranch ? »

J'acquiesçai, bien qu'elle me tourna le dos. « Bien sûr. Rob ne refuserait pas un coup de main. »

« Je dirais qu'un cowboy reste toujours un cowboy, n'est-ce-pas ? On n'oublie jamais ? »

« C'est exact. »

« Tu as déjà chevauché des taureaux comme Boyd ? »

« Non, » je reniflai. « Boyd est le seul de la famille à faire son show. Nous autres, sommes des cowboys lambda. »

Elle me sourit. « Parce qu'il y a un cowboy lambda ? »

Je haussai les épaules. « Qui monte à cheval, qui attrape le bétail au lasso et qui charrie des bottes de paille. »

« Je ne suis jamais montée à cheval, » avoua-t-elle.

Je vins me placer à l'autre bout de l'ilot central de sorte qu'elle puisse me voir tout en travaillant. « Jamais ? »

Elle se mordit la lèvre et leva le nez de son ouvrage. « Nan. »

Bingo ! Voilà quelque chose que je pourrais faire avec elle. *Sans la toucher.* Nous serions séparés par nos chevaux. En plein air. Je pourrais me contrôler comme ça.

« Eh bien, ma douce, quand tu auras fait des merveilles avec ce gâteau, nous le porterons dans le frigo du dortoir. Et ensuite nous irons faire un tour à cheval. » Je me penchai et essuyai un peu de glaçage resté sur la spatule en murmurant. « J'aime savoir que ce sera ta première fois. »

Elle s'interrompit. « Je ne suis pas sûre. Je dois être de retour au moment où Audrey sera prête. »

« Ne t'inquiète pas, je te ramènerai à temps. Sans compter que tu repartiras bientôt pour la fac à Los Angeles. »

Elle écarquilla les yeux en jurant dans sa barbe.

« Un problème ? »

Elle secoua la tête. « Oui et non. Je viens de me souvenir que je dois contacter mon père à propos des frais d'inscription. Je vais lui envoyer un autre SMS. »

Son esprit manifestement revenu de cette parenthèse inopportune, je dis, « Il faut que tu montes à cheval pendant ton séjour. »

Elle rougit même si nous avions fait des choses bien moins innocentes que ça. « Ok. »

J'ignorais pourquoi une promenade à cheval était ce dont j'avais envie avec elle. Ou plutôt si, je le savais. Je lui montrerais la propriété, quelle vie elle pourrait avoir ici. Avec moi. Et nous n'aurions pas besoin d'enlever nos vêtements.

« C'est bien. »

$\mathcal{M}$ARINA

JE DESCENDIS RAPIDEMENT les marches dans mes baskets pour retrouver Colton, à bout de souffle. Je m'étais lavée et changée pour un jean souple qui empêcherait ma peau de se frotter au cheval. Je m'étais aussi couverte de crème solaire, Audrey m'ayant mise en garde contre les coups de soleil en altitude, c'était la dernière chose dont j'avais besoin sur des photos de mariage.

J'avais hâte de monter à cheval. En fait, je me réjouissais de passer du temps avec Colton. Ouais, il avait été très clair sur le fait que ce ne serait pas le plus *physique* de nos moments ensemble. Je lui avais tendu une immense perche mais il ne l'avait pas saisie. Il ne m'avait pas retournée sur la table de la cuisine pour étaler du glaçage partout sur mon corps et le lécher ensuite. Mais j'aurais juré qu'il en avait envie. Et moi qui croyais que c'étaient les femmes qui envoyaient des signaux contradictoires. Il avait décliné, mais il me regardait avec une telle intensité...

Je ne savais que penser.

Cela avait pris un certain temps pour terminer les petites fleurs décoratives, mais Colton m'avait parlé, certes assis devant moi pendant que je m'appliquais. Il me regardait, c'était tout. Encore une fois, tout dans le regard. Je me demandais s'il était naturellement patient, ou si c'était une qualité acquise dans l'armée. Dans tous les cas, j'étais heureuse que le silence n'ait pas été pesant. J'aimais sa seule présence.

Ce n'est pas comme si j'avais l'habitude d'être le centre de l'attention d'un homme. Parfois, quelques garçons au lycée, des camarades de fac ou encore des cowboys dans le bar hier soir, mais j'avais mieux à faire que de m'attacher, les hommes finissaient toujours par partir.

Mon père était parti... ou n'avait jamais été présent. Le type de la fac m'avait quittée pour ma partenaire de TP. Colton allait partir. Je le savais. Il ne m'avait pas menti sur l'oreiller cela dit. Au contraire, c'est moi qui l'avais séduit sous de fausses apparences.

Je ne devrais pas être contrariée. Ce n'était pas le cas. Bon, en fait si, mais je ne pouvais pas lui en vouloir. Il avait fait exactement ce dont j'avais besoin et c'est cela qui me faisait mal. Je pensais qu'il irait... au-delà. Qu'il serait différent. Il me donnait tout ce qu'il me fallait. De l'attention, de la dévotion même, une affection débordante et de la considération. J'ignorais que j'aspirais à tout ça, mais maintenant que je l'avais trouvé, je ne saurais pas revenir en arrière.

Sauf que je ne pouvais pas compter sur lui. Pas sur le long terme. Je partirais tout en restant à l'affût d'un homme qui voudrait s'attacher. A moi.

Colton avait le profil d'un homme, un vrai, plus que tout autre dans le passé. Sauf qu'il n'était pas un fantasme tiré de mes soirées avec mon vibrateur. Il était bien là, en chair et en os, et j'aurais pensé qu'il me rendrait mon intérêt. Il l'avait fait, mais d'une manière distante et asexuée.

Très bien. Nous monterions à cheval. Je ne pourrais pas lui sauter dessus si nous étions sur des chevaux distincts, n'est-ce-pas ?

Quand j'arrivai en bas des marches, il tenait mon gâteau sur un plateau et l'examinait sous toutes les coutures. « C'est une véritable œuvre d'art, Marina. Tu as travaillé dans une pâtisserie ? »

De petites fleurs rose pâle en décoraient subtilement la base, comme une guirlande. Et au sommet, deux larges fleurs formaient le motif central. C'était joli. Un peu rustique sans le fondant qu'on retrouvait habituellement sur la base de chaque étage, mais Audrey se mariait à la ferme. Je pensais que cela ferait un rappel élégant, et Colton était du même avis.

Je haussai les épaules mais son compliment me fit rosir les joues. Mes copines adoraient les gâteaux d'anniversaire que je leur faisais, mais c'était mon premier gâteau de mariage. Les mots de Colton semblaient me toucher plus que ceux de quiconque. Hormis Audrey et Boyd, ce gâteau leur était tout de même destiné.

« Non, j'ai appris sur le tas. J'ai toujours adoré faire de la pâtisserie. »

Il l'étudia un moment, le faisant tourner pour en apprécier chaque face. « C'est un vrai talent. Allons le mettre au frais avant que la crème ne fonde ou qu'il ne glisse du plat. »

Il porta le gâteau avec autant de précaution et de révérence que je l'aurais fait. Je le suivis dans l'allée, ouvrant les portes pour qu'il n'ait à se soucier que du portage. Mon dieu, s'il tombait maintenant…

Une fois mis à l'abri dans le réfrigérateur—et ayant rappelé à Johnny et aux autres employés de ne pas y toucher —Colton m'emmena vers les écuries et me présenta à une ravissante jument pie. « Je te présente Lucy. C'est une vraie crème. Elle sera parfaite pour toi. »

Je n'y connaissais rien aux écuries, mais je dirais que celle-ci devait accueillir une vingtaine de chevaux à en juger par le nombre de box. La pièce était allongée avec des portes ouvertes à chaque extrémité pour laisser entrer la lumière naturelle et l'air frais. Bien que l'odeur acide des chevaux soit reconnaissable, l'endroit était propre et clairement bien entretenu. Je m'approchai du museau de l'animal et me demandai comment j'allais bien pouvoir grimper sur son dos. « Oh qu'elle est belle. Je peux la caresser ? » Je tournai la tête vers Colton qui me regardait. Il hocha la tête et me fit un sourire. Il posa sa main sur l'animal et tapota son flanc.

« Bien sûr. » Colton me prit la main et la posa sur son cou. « Tout doucement, comme ça. Nerveuse ? »

« Non, mentis-je. Les chevaux sont grands et elle me regarde. »

« Elle sait reconnaitre une jolie fille quand elle en voit une. »

La jument remua et hennit. J'essayai de retirer ma main mais Colton la garda en place.

« Elle ne te fera pas de mal, mais elle sent tes émotions. En vérité, les chevaux sont empathiques. Elle ne m'a pas vu depuis des années, mais elle est à l'aise parce que je lui montre qui commande. C'est moi, et elle n'a pas à avoir peur. Je ne lui cache pas mon énergie, ni qui je suis. »

Je regardai Colton. « Comme avec moi, » murmurai-je.

Son regard sombre soutint le mien, puis descendis sur mes lèvres. « C'est exact. C'est moi qui commande. »

Un sursaut d'énergie passa entre nous, mais la tension sexuelle fut accompagnée de douleur parce qu'il recula. Apparemment, nous ne ferions plus l'amour. Je voulais le mettre au défi, de me montrer son visage de sergent-chef. Peut-être le tenter d'utiliser sur moi une de ces cravaches ou tout autre idée farfelue, mais je perdrais la raison avec lui.

Au lieu de ça, je revins à ce qu'il venait de dire. « Tu penses que je me cache ? »

« Difficile à expliquer. Il faut que tu laisses Lucy sentir ton énergie. Essaye ça. Dis-lui par la pensée que tu vas grimper sur son dos, et elle va t'adorer. »

Cela me surprit d'entendre le cowboy-soldat parler d'énergie, mais j'aimais ça. Je suivis ses conseils et fermai les yeux pour me projeter sur le cheval. Elle hennit doucement et quand je rouvris les yeux elle me reniflait. « Ça a marché ! » m'exclamai-je.

Colton me sourit en ouvrant la porte du box avant d'attacher le mords sur Lucy. « Tu vois, c'est comme si tu avais fait ça toute ta vie. »

« Mais ce n'est pas moi qui dois m'occuper d'elle, » dis-je.

« Nan, elle sait ce qui se passe. Ne t'inquiète pas, jeune fille. Je serai là. D'ici là, nous ferons de toi une vraie cowgirl. »

Une cowgirl ? J'aimais cette idée. Je m'imaginais en train de chevaucher avec un chapeau comme celui que portait Leigh la nuit dernière, et cela me fit sourire. Je regardai mes baskets. « On dirait qu'il faudra commencer par des bottes. »

« Bien sûr, ma douce. Chevauche Lucy et montre-moi que tu as ça dans le sang. Si tu y arrives, je m'occupe des bottes. »

Ok, peut-être qu'il en avait toujours après moi finalement. Je ne pouvais pas me méprendre sur ses intentions, si ? Avec toute la chaleur qui transpirait de son regard ambré.

Il s'intéressait toujours à moi, mais ne voulait pas trop s'impliquer, vu que nous allions tous les deux partir à la fin de la semaine. Je comprenais, m'inquiétant moi aussi pour les mêmes raisons.

Je rayonnai en le regardant parce que j'ignorais encore il y a peu que je rêvais d'une paire de bottes, et tout autant de la manière dont Colton me souriait. Et nous avions toujours nos vêtements.

Malgré les signaux contradictoires qui émanaient de mon cowboy-soldat, le Montana apaisait mon corps et mon âme. Pas seulement Colton, mais cet endroit. Cela n'avait rien à voir avec Los Angeles. Quand je m'imaginais habiter là, tout mon corps vrombit de cette possibilité. Comme d'autres s'imaginaient sur la plage pour se détendre. Ou près d'une cascade.

Pour moi, c'était ici. Les grands espaces. Le ciel bleu à perte de vue. Les montagnes majestueuses. Je m'y sentais comme... chez moi. Sans compter mon cowboy-soldat qui chevaucherait à mes côtés—même si j'étais bête de penser qu'il était à moi—j'avais atteint la perfection.

Je regardai Colton seller Lucy et la guider dehors, avant de préparer une grande jument marron à la crinière blanche pour lui. « Voici Cannelle. Elle est un peu plus têtue que Lucy, mais elle a été bien élevée. »

« Qui s'occupe du dressage ? » demandai-je alors que Colton m'invitait près de la barrière pour monter Lucy.

« Rob et les employés du ranch. Tu as déjà rencontré Johnny, Levi and Clint. Et désormais Boyd, depuis qu'il a abandonné le rodéo en compétition. Nous élevons des chevaux aussi. Et nous domptons les plus sauvages. »

« Alors c'est un ranch pour chevaux ? » Je me sentis stupide de ne pas savoir comment le ranch fonctionnait.

« Nous avons aussi du bétail. » Il désigna les champs au loin dans lesquels je vis des taches sombres éparpillées sur le terrain. Nous avons aussi des taureaux pour les saillies et nous vendons de la viande sur pied. »

Je remarquai qu'il avait dit « nous », mais si cela faisait une décennie qu'il n'habitait plus ici. Cela augurait du meilleur quant à ses intentions de ne pas repartir.

« Ce ranch est immense. »

« Mais oui. Il est dans notre famille depuis des générations. »

Je l'étudiai. « Tu en es très fier. »

Il fronça les sourcils. « Oh que oui. »

« Alors pourquoi tu t'en éloignes aussi longtemps ? Je veux dire, tu pourrais travailler ici avec tes frères, non ? »

Il acquiesça et me prit la main pour me stabiliser alors que je passai une jambe autour de Lucy, trouvai les étriers avant qu'il ne me passe les rênes.

« Ce n'était pas le bon moment, » dit-il.

Quelque chose aurait-il changé ? J'espérais que oui. Avais-je seulement mon mot à dire ? Bien sûr que non. Il ne l'avait jamais dit comme ça mais, c'était clair que nous n'étions ensemble que pour s'amuser. Personne ne quitterait l'armée pour mes beaux yeux. J'avais entendu parler des déserteurs. Il devait rentrer. Il devait y avoir des procédures. Notre temps était compté, mais c'était difficile de l'admettre quand on partait à cheval par une belle journée comme celle-ci avec le type le plus sexy de la planète.

Oui, je voulais qu'il quitte l'armée et vienne s'installer ici parce que contrairement à la côte est, je serais sûre de le voir ici. Je reviendrais pour Noël, et certainement peu après la naissance de mon neveu ou de ma nièce. Ou peut-être...

Peut-être qu'il me donnerait une toute autre raison de lui rendre visite.

Non. Mon dieu qu'il était dangereux de persister dans cette pensée. Je me casserais les dents sur cet homme, celui qui m'avait embrassée sur le front pour me dire bonne nuit. C'était criant. J'étais fichue.

Peut-être qu'il avait fini par décider que j'étais trop jeune après tout. Je me retournai la tête pour déterminer si j'avais fait quoi que ce soit d'immature la veille. Je n'étais pas ivre au bar. Je n'avais pas fait une scène. Mais il était déjà réticent avant notre départ. J'avais senti cette mauvaise vibration pendant le dîner.

Je caressai le cou de Lucy, pour me réconforter plus que pour le contraire.

Mes espoirs reposaient sur la possibilité de basculer sur une relation à long terme. J'étais complètement folle et irréaliste. Il me restait une année d'étude, et les relations à distance étaient pour le moins compliquées. J'en savais quelque chose, ayant moi-même vu ma camarade de chambrée en première année galérer à conserver son amour de lycée. Ce n'était pas beau à voir.

Colton n'était pas un étudiant de première année. Il avait trente ans et une carrière chez les Bérets Verts. Il allait rentrer en Caroline du Nord et oublier notre aventure. Il mettait déjà de la distance entre nous. Et une fois qu'il serait parti, je ne ferais plus le poids contre les autres femmes. *Loin des yeux, loin du cœur.*

Colton monta sa jument avec plus de grâce que je n'aurais imaginée de la part d'un homme de son gabarit, et il fit claquer sa langue pour indiquer à nos chevaux de se mettre en route. « Tout va bien, ma douce ? » demanda-t-il en ajustant son chapeau pour se protéger de la lumière du soleil. Une fois revêtu ce dernier accessoire, il avait vraiment l'air d'un cowboy. A fondre sur place.

Quand mon cheval avança, je glapis. Je penserais à mon départ une autre fois. Pour le moment, je voulais juste m'amuser.

« Je ne me suis jamais sentie aussi bien ! » criai-je en tenant les rênes et laissant Lucy m'emmener où bon lui semblerait. Et c'était vrai. Colton était à mes côtés. Je lui faisais confiance pour cela comme pour tout le reste depuis notre rencontre. J'aimais ça. Non, j'adorais ça, et lui aussi. Malgré mes efforts pour l'empêcher de s'emballer, mon cœur se projetait déjà, dopé par les rayons du soleil et la brise du matin. L'odeur de terre, d'herbe fraiche et de cuir. Rayonnante du plaisir des attentions masculines qui étaient dirigées vers moi.

Colton allait avoir un torticolis s'il continuait de me regarder par-dessus son épaule, mais je n'échangerais ce moment contre rien au monde. Parce qu'à chaque regard chargé de bienveillance, de passion, je fondais un petit peu plus.

 OLTON

J'EMMENAI Marina dans les grands espaces et lui appris à mener Lucy au galop. Elle cria et rit de joie, son visage irradiant de bonheur. Elle était tellement belle avec ses cheveux blonds qui se voletaient sur ses épaules, ses yeux brillants. Et ce sourire, putain, il comblait mon loup de joie, et me pesait sur le cœur.

Il y a des femmes que j'avais appréciées, et même plus, mais ce sourire m'avait clairement perdu. Et tout ça sur le dos d'un cheval comme la cowgirl en puissance qu'elle était. Cela me surprenait toujours quand je rencontrais quelqu'un n'étant jamais monté à cheval, ayant quasiment grandi sur le dos d'un canasson. Mais cela me faisait du bien de la regarder. Je partageais une partie de moi, quelque chose que j'aimais, sans dire un mot.

Pas seulement la chevauchée—mais les terres aussi. C'était le meilleur moyen de les découvrir, à dos de cheval.

Je l'emmenai plus près des montagnes, suivant un torrent quelques instants. Putain, j'avais oublié à quel point c'était beau. Paisible. Silencieux. Je ne me rendais pas compte à quel point cela m'avait manqué.

Par le passé, cela m'allait très bien de reprendre la route dès la fin de ma permission. Je n'avais pas à me forcer pour retourner à la base. Mais maintenant, avec le recul, et tout le reste, je me demandais comment je pouvais être aussi motivé pour un déploiement, pour vivre dans un bac à sable géant face à un ennemi invisible pendant des mois alors que je pourrais être ici. J'étais toujours fier de servir mon pays, c'était là ma première motivation. Mais à dix-huit ans, étais-je vraiment si impatient de quitter le Montana ?

Oui.

Mais je n'avais plus dix-huit ans.

Je m'arrêtai en passant sur le ranch des Sheffield. La vue donnait sur l'est de la vallée. Elle était incroyable.

Je me penchai sur le promontoire et le montrai du doigt. « C'est le ranch de notre voisin, mais il est mort l'an dernier. »

Elle se tourna vers moi. « Oh, et nous avons le droit d'être là ? »

« Bien sûr. Nous étions proches des Sheffield. Nous nous étions occupés de ses terres quand il s'était cassé la hanche il y a quelques années. Il avait été contraint de s'installer quelques temps à Billings. »

« A qui appartient-il désormais ? »

« Eh bien, selon Rob, un de ses nièces en a hérité, mais elle n'est pas encore venue en prendre possession. Mais peu importe, nous prendrons soin de la propriété pour elle. »

Du moins, mes frères s'en chargeraient. Mais je recommençai à m'interroger sur la possibilité de revenir vivre ici. D'y rester pour de bon.

De m'impliquer dans les tâches du quotidien. Je me demandais où je pourrais m'installer. Peut-être que je me poserais dans une des petits chalets dans les collines, comme Boyd l'avait fait. Je regardai Marina en me demandant si elle aimerait ça. Le Montana en hiver était réservé aux initiés et il fallait être endurci pour l'affronter dans un chalet.

Elle était forte, et elle pourrait être sûre que je lui tiendrais chaud.

« Il y a des sources d'eau chaude dans les environs ? » demanda Marina.

« Tu en as entendu parler ? »

« Audrey a dit que Boyd l'y avait emmenée. Cela semblait chouette. Comme un lieu secret. Elle soupira.

« Bien entendu, » Je ris. C'était l'endroit idéal où amener une fille. Au lycée, nous avions l'habitude de venir là avec les femelles de la meute. Jamais les soirs de pleine lune cela dit. On ne badine pas avec les hormones en folie et les femmes-louves. C'était un coup à marquer une femelle et se retrouver lié à elle pour l'éternité.

La pleine lune était ce soir, et déjà en plein jour, je sentais poindre la folie en moi. Mon esprit diffusait des images animales de Marina que je descendais de son cheval. Pour l'installer en-dessous de moi dans l'herbe verte et l'y baiser follement jusqu'à sentir mes crocs, prêts pour la morsure d'accouplement. Jouissant bien profond dans sa chatte pendant qu'elle crierait de plaisir, avant de la marquer dans le cou pour que tout le monde le sache.

Putain, je ne passerais pas la pleine lune sans perdre la tête.

Je serais incapable de rentrer à la base, surtout après qu'elle soit repartie à Los Angeles. Je ferais mieux de prendre ma retraite. Je ne pouvais pas subir l'influence de la lune et continuer dans l'armée. C'était trop dangereux. *Je serais trop dangereux.* Si je restais au ranch, au moins les autres comprendraient. Je pourrais me transformer. Courir. Survivre.

Peut-être pourrais-je continuer à la suivre à distance, cela m'éviterait de devenir fou. C'était une relation à distance ou la mort... Ce qui signifiait que nous devions apprendre à nous connaitre. Hors d'un lit. Elle m'avait posé de nombreuses questions personnelles ce matin. Je devais faire de même. Je fis trotter mon cheval à côté du sien.

« Tu es quel genre d'ingénieur ? Je ne t'ai jamais demandé. »

« En mécanique. » Elle haussa les épaules en regardant ses mains qui tenaient les rênes. « Que c'est ennuyeux. Maths et physique. Des calculs. Ce genre de choses. »

« Ça ne te plait pas ? »

« Franchement ? » Elle tourna les yeux vers moi en soupirant. « Non. »

« Alors pourquoi l'étudier ? »

« Mon père est ingénieur. Maths et sciences ont été mes matières phares à l'école. Alors c'était la suite logique. Il m'a plus ou moins fait comprendre qu'il payerait mes études, si c'était des études d'ingénieur. J'avais besoin de cet argent, alors j'ai fait qu'il a dit. »

« Et Audrey et toi avez le même père ? »

« De ce que nous avons compris, mon père et sa mère ont eu une histoire d'un soir. Ils avaient dix-huit ou dix-neuf ans. Mon père a certainement oublié son nom sur le champ. Il a rencontré ma mère et s'est marié quelques années plus tard. Ils ont divorcé quand il a trouvé une modèle plus jeune. L'engagement n'est pas son truc. Il n'est pas fait pour avoir une femme et un enfant. »

« Il était content que tu te lances dans des études d'ingénieur ? »

Elle haussa les épaules. « Je ne pense pas que ça l'intéresse. Je veux dire, il paye la scolarité. Mais j'espérais que ça nous ferait quelque chose en commun. » Elle me regarda avec un faux sourire. « C'était bête n'est-ce-pas ? »

Je rapprochai mon cheval du sien de sorte que nos jambes se frôlent. « Nan. Les parents sont censés donner à leurs enfants un amour inconditionnel. On dirait que ton père n'était pas très présent. Il n'y a rien de mal à vouloir te rapprocher de lui. »

« Et bien ça n'a pas eu l'effet escompté. » La vulnérabilité se lut sur son visage et ma poitrine se serra pour elle.

Putain, j'avais envie de panser chacune de ses blessures. Sans compter le fait que son père semblait être le pire connard. S'il n'avait pas été présent du tout dans sa vie, il n'aurait pas gâché notre promenade.

« Tous les hommes ne te laisseront pas tomber. » Putain, je serais toujours là pour elle. Sans conditions. Quitte à en mourir. Quitte à ce que cela implique de la repousser. Cela ne faisait sens pour personne sinon moi.

Elle me lança un œil noir à travers ses cils avant de détourner le regard, comme si elle ne savait pas comment le prendre. Putain, j'avais réussi à semer le trouble en elle.

Faire du mal à une femme sans la toucher. Avais-je battu un record ?

Mais j'allais en rester là.

« Si tu avais le choix, quelle matière aurais tu prise ? »

Elle secoua la tête. « Je ne sais pas. Rien de m'a jamais particulièrement passionné. »

« Ok, oublions les études. » Il y avait un rocher sur la route et je nous fis le contourner. « Si tu pouvais faire ou être ce que tu veux—comme si tu avais une baguette magique—que ferais-tu ? »

Elle leva les yeux. « J'ouvrirais une pâtisserie dans une petite ville de province et je donnerais du bonheur aux gens avec mes cakes au chocolat et mon roulé façon tiramisu. » Elle rit. « Mon père verrait ça comme un gros échec. »

Petite ville. Elle avait dit petite ville. Cela augurait du meilleur. Quant à un gros échec. Marina ne pourrait *jamais* rien faire de tel. Je doutais réussir à l'en convaincre avec des mots, alors je lui montrerais.

« J'aimerais que tu me donnes du bonheur avec ton cake au chocolat, jeune fille. »

Elle fit revivre ses fossettes. « Je t'en ferai un alors. » Elle baissa les yeux. « Je pourrais te donner du bonheur autrement. »

Elle jouait son va-tout, prononçant des paroles risquant de la faire dégringoler de cheval et baiser dans l'herbe sur le champ. Ou que je me penche pour l'embrasser. Quelque chose.

Mais je ne pouvais pas, et je regardai son visage comprendre peu à peu que je n'en ferais rien.

« Continuons, je vais te faire voir la cascade. Même si je doute que nous ayons le temps d'y plonger aujourd'hui. J'ai promis de te ramener à temps pour les préparatifs du mariage, et je ne ferai pas partie des connards qui ne tiennent pas leur promesse avec toi. »

« Wahou, » murmura-t-elle en se frottant les lèvres l'une contre l'autre.

« Wahou, quoi ? »

« Ce que tu dis. »

Je penchai la tête. « Eh bien ? »

Elle rougit. « Rien. Peu importe ? »

« Allez viens. Je vais te montrer... euh te montrer les chutes. »

Elle tourna la tête. Et merde. Etaient-ça là des larmes dans ses yeux ? J'essayais de bien agir, et il semblait que je me comportais comme un connard.

Je mis Cannelle au petit galop. Je n'étais pas venu baiser ma femelle. Je n'étais pas venu baiser ma femelle. Je n'étais pas...

Je m'emmenai au sommet de la falaise, là ou naissait la source, et pour lui montrer le bassin naturel.

« C'est incroyable, » murmura-t-elle. J'espérais que cet endroit la distrairait un temps. Nos chevaux se rapprochèrent et Lucy baissa la tête pour brouter quelques brins d'herbe.

« On pourra revenir ? Peut-être demain ? »

« Hum, bien sûr. »

L'idée de faire trempette avec elle, de l'avoir nue et mouillée à mes côtés allait me hanter toute la journée. Comme si mon loup n'était pas déjà assez frénétique.

En redescendant du promontoire, c'est là que je les aperçus, des têtes de bétail paissant sur les terres de Sheffield.

Elles ne semblaient pas nous appartenir, elles étaient d'une couleur différente, mais je lançai Cannelle pour jeter un œil. En approchant, je levai la main. « Attends une minute. J'aimerais vérifier la marque de ces bêtes. »

Elle tira sur les rênes pour arrêter Lucy, et je me rapprochai d'une bête.

Elle était marquée « JM ». Jett Markle. Un m'as-tu-vu originaire de New York qui avait acheté les terres de l'autre côté de celles de Sheffield, selon ce que Rob m'avait dit. Boyd l'avait croisé à deux reprises et le haïssait déjà. Je comprenais pourquoi. Qui laissait son troupeau errer sur les terres du voisin. Un vrai connard.

Rob m'avait expliqué qu'il avait tiré sur un loup de la meute le mois dernier—un ado qui courait sous sa forme de loup pour rendre une visite interdite à sa copine. Markle n'avait pas vu le gamin se transformer, et j'avais entendu que Boyd lui avait collé son poing dans la figure après lui avoir dit qu'il avait abattu notre chien.

Et par-dessus tout, Markle voulait acheter les terres de Sheffield pour doubler la taille de sa propriété, ce qui ferait de nous des voisins directs. Cela ne présageait rien de bon pour notre besoin de courir sous notre forme de loup. Cet homme était un vrai problème.

Et maintenant, il semblerait qu'il ait déplacé ses vaches sur les terres de Sheffield comme s'il était chez lui.

« Qu'est-ce-que c'est ? » demanda Marina à mon retour.

Je secouai la tête. « Elles appartiennent au ranch d'à côté. Je ne sais pas ce qu'elles font sur ses terres. »

« Probablement la même chose que nous. » Elle sourit d'un air malicieux. « Peut-être qu'elles aussi rêvent d'un bain de minuit en plein jour. »

Je bandai de nouveau et dus me remettre en place. « Arrête de parler de te déshabiller jeune fille. »

« Sinon, quoi ? » me défia-t-elle avec une grimace.

Je grognai. « Sinon... et merde. » Je détournai les yeux.

« D'accord. » La déception transpirait de son ton résigné. « Quel est le scoop avec ces vaches. Sont-elles perdues ? »

« Non, j'ai le sentiment que Jett Markle fait ici comme chez lui. »

« Et ce n'est pas notre cas ? » demanda-t-elle. Je veux dire, la cascade est aussi sur sa propriété. »

« Techniquement, oui, acquiesçai-je avec réticence. Mes parents ont passé un accord avec Sheffield bien avant ma naissance, ou celle de mes frères. Il nous a donné la permission de venir. Nous nous entraidons. C'est ce que font les voisins. Markle s'est contenté d'amener ses vaches ici. » Je soupirai. « Il faudra appeler sa nièce pour nous assurer qu'elle est bien au courant qu'il fait paitre ses bêtes ici-même ? »

Marina acquiesça. Elle n'y connaissait rien aux vaches et aux règles des pâturages, alors la conversation ne s'éternisa pas. Mais il me faudrait discuter avec Rob de ce qu'il comptait faire de Jett Markle.

« Bien, jeune fille, je ferais mieux de te laisser rentrer, pour que tu puisses aider la mariée à se préparer. Et pendant ce temps-là, j'irai en parler à Rob. »

$\mathcal{M}$ARINA

« ALORS, que se passe-t-il entre toi et Colton, » me demanda Audrey une heure plus tard.

Après la promenade à cheval, Colton m'avait donné des instructions et j'avais conduit un des camions du ranch jusqu'au chalet de Boyd en forêt. Il aurait bien voulu m'y déposer lui-même, mais lui fallait s'occuper des chevaux. En revanche, il m'avait interdit d'utiliser ma petite voiture de location, disant que j'allais m'enliser sur le chemin de terre. Une fois garée devant le petit nid d'amour de ma sœur, je me dis qu'il avait certainement raison. L'endroit était perdu, et le chemin d'accès... rustique.

Quand Audrey sortit sur le porche pour m'accueillir, je vis à quel point elle était heureuse. Je sentis une pointe de jalousie m'assaillir, mais je la chassai très vite. Elle méritait un homme bien, et c'était le cas de Boyd.

« Maintenant que je t'ai enfin rien qu'à moi, je veux que tu me racontes tout sur Colton et toi. »

Elle me fit entrer. Les murs étaient en rondins, la pièce principale était le salon, jouxtant une cuisine et une salle à manger. La cuisine était en cours de modernisation et je pouvais déjà voir des touches modernes dans les granites des plans de travail ou le nouveau frigo. La cheminée en pierre montait du sol au plafond et je savais qu'elle donnerait une touche cosy à l'ensemble en hiver.

Toutes les fenêtres étaient ouvertes et laissaient entrer la douce brise. Cela sentait le pin et la nature.

« Nous nous sommes rencontrés par hasard devant une route coupée. »

« Et vous avez partagé une chambre de motel à cause de l'orage ? »

« C'est ça. »

« Et pourtant il semblait *vraiment* surpris de te voir en arrivant dans la cuisine. »

Je rougis. « C'est parce que je ne lui ai pas dit qui j'étais. »

Elle repoussa ses lunettes sur son nez. Elle s'était déjà douchée, et ses cheveux étaient secs mais pas encore coiffés.

« Mais tu savais qui il était ? »

J'acquiesçai.

« Oh mon dieu. Pas étonnant qu'il ait été si... sauvage. »

Je repensai à la manière dont il m'avait portée jusque dans sa chambre pour me punir.

« Ouais, » dis-je en soupirant.

« Je t'en prie, dis-moi que tu t'es protégée, » dit-elle en me regardant de haut.

« Audrey ! glapis-je. Je ne suis pas une de tes patiente. Je suis ta sœur. »

« Ce qui est une excellente raison pour demander. » Non seulement, elle fronçait les sourcils, mais en plus, elle agitait ses mains dans tous les sens. « Je ne suis pas en train de te dire qu'il a une MST mais tu ne veux pas avoir d'enfant tout de suite, n'est-ce-pas ? »

« D'accord, *Dr. Wolf*. Je vais bien. Je me suis protégée. Pas de MST. Pas de bébé ».

Elle me dévisagea avant de soupirer d'un air rêveur. « Je n'avais encore jamais entendu personne m'appeler par mon nom de femme mariée. »

« En parlant de se passer de protection. » Je désignai son ventre encore plat. « C'est un peu tard pour te poser des questions sur ton nouveau nom. »

Elle secoua la tête en posant une main sur sa nuque. « Aucune question à se poser. » Elle s'interrompit et me sourit. « Tu l'aimes bien, Colton. » Elle me scrutait si intensément que je dus détourner les yeux. « Je veux dire, *bien* bien. »

« Comment pourrais-je faire autrement ? lui avouai-je. Je peux prendre une douche ? Je sens le poney. »

« Le poney ? »

« Colton m'a emmenée faire un tour. » Je souris. Je m'étais bien amusée et Lucy était adorable. J'allais lui apporter des carottes ou toute autre friandise pour chevaux.

Elle plissa les lèvres en s'efforçant de ne pas sourire. « Mais bien sûr, » dit-elle en me guidant vers la chambre.

Je déposai mes affaires. Elle me passa une serviette dans le placard et je filai dans la salle de bain pour allumer la douche. Je restai sous l'eau chaude en pensant à Colton. C'était un homme séduisant, dominant et extrêmement déroutant. Je n'avais aucune idée d'où j'en étais avec lui.

Il ne jouait pas juste au gentil beau-frère divertissant la petite-sœur. J'aurais juré qu'il avait des sentiments pour moi.

Tous les hommes ne te laisseront pas tomber.

J'avais envie de lui donner une occasion de me le prouver, mais il ne l'avait pas encore saisie.

Une fois séchée, Audrey cria, « Il y a une robe derrière la porte. »

Je m'enroulai dans la serviette et enfilai la robe avant de la rejoindre dans la chambre. Elle se maquillait devant un grand miroir posé sur la coiffeuse.

« Ton portable a sonné, » dit-elle en penchant la tête afin d'appliquer du mascara.

Je le sortis de mon sac à main et écoutai.

« Bonjour, c'est encore Janine Fitz du bureau des finances. J'ai besoin que vous me rappeliez à propos du payement de votre prochain semestre. J'ai parlé avec Mr Thompson qui m'a indiqué qu'il ne payerait plus les frais de scolarité. Je vous prie de me rappeler pour régler cette question au plus vite. »

Je fixai mon téléphone en coupant mon répondeur. *Il ne payerait plus les frais de scolarité ?* Comment était-ce possible ? »

« Que se passe-t-il ? »

« Papa vient de dire à la fac qu'il ne payerait plus mes frais de scolarité. »

Elle se retourna, penchée sur la coiffeuse. « Comment ? C'est une habitude ? »

Je la regardai. L'estomac serré. « De ne pas payer ? Non, c'est le seul devoir parental qu'il ait jamais rempli. » Je réalisai ce que je venais de dire et revint vers elle pour la prendre dans mes bras. « Je suis désolée. Je sais qu'il ne t'a jamais rien donné. »

« Marina, » dit-elle d'une voix douce. Elle ne semblait pas bouleversée, mais elle était médecin. Elle dissimulait ses émotions à ses patients tout le temps. Il devait y avoir des cours de refoulement de ses émotions à l'école de médecine.

« Je me moque de lui. Il n'a jamais été là pour moi. Jamais. Je n'ai jamais senti de vide parce qu'il n'a jamais vraiment existé pour moi. »

Elle s'écarta, reprit sa brosse à mascara et la plongea dans son tube. « Je me marie aujourd'hui. Mon père ne m'emmènera pas jusqu'à l'autel. Et j'en suis heureuse parce que je ne veux être entourée que des gens que j'aime et qui ont envie d'être là. Pour moi, c'était un géniteur. Je suis navrée de ce qu'il t'a fait. Du mal qu'il t'a fait. »

Je me mordis la lèvre, des larmes me montant aux yeux. « Ouais, je pense que j'en ai toujours attendu plus de sa part, tu vois ? »

Elle acquiesça. « Appelle-le. Peut-être qu'il y a un malentendu. Elle a peut-être mal compris. »

Je déverrouillai mon téléphone, faisant comme elle avait dit, même si je savais au plus profond de moi qu'il n'y avait pas d'erreur. « Salut, Papa. »

« Marina, salut. »

Il ne dit rien d'autre. Du genre, tu vas bien ou quel bonheur de t'entendre.

« Dis, Papa. Tu as reçu mes messages ? »

« Oui. »

Je fronçai les sourcils. Pourquoi n'avoir pas répondu alors ? « La fac a appelé pour me dire que tu n'avais pas payé les frais du prochain semestre. »

« C'est exact. Ecoute, je suis à Miami avec Cindy. Nous sommes en transit pour les Bahamas. »

« Ok. » Je n'avais aucune idée de qui était Cindy mais elle était certainement une des nombreuses femmes avec lesquelles il sortait quelques mois avant de les plaquer. « Et donc, les frais de scolarité ? »

« Je n'ai plus d'argent pour ça. Je l'ai dépensé pour louer

une villa dans les Caraïbes. Nous allons y passer quelques mois. »

Je regardai désespérément les murs de la chambre d'Audrey. Pas de frais de scolarité.

Bien sûr, il allait encore me laisser tomber. Comme à chaque fois.

« Mais Papa, tu as dit que tu payerais mes études d'ingénieur. »

« Je sais, mais je n'ai plus d'argent, sucre d'orge. »

C'est quoi. Ce. Bordel ?

« Les temps changent, la môme. Cindy avait besoin de vacances, alors j'ai utilisé l'argent. »

Les temps changent. Il avait raison. Et moi aussi j'avais changé. Mon père me le faisait bien sentir. Pour quoi étais-je tellement surprise ? Pourquoi est-ce-que je finissais toujours déçue ? Ma mère s'était fait avoir il y a quelques années, mais je le laissais encore me faire du mal.

« Ouais, je m'en suis rendu compte, sifflai-je. Tu n'en as rien à faire de moi, hein ? Tu n'en a jamais rien eu à faire. » Je tournai en rond.

« Ok, Marina. Ça suffit. »

Je jetai un œil à Audrey qui se tenait juste là, spectatrice impuissante. Elle savait exactement ce qui se passait.

« Non. Papa. Ça ne suffit pas, ça ne suffira jamais. »

Et sur ce, je raccrochai.

Audrey vint me prendre dans ses bras. « Ça va aller ? »

J'acquiesçai, regardant le lit d'un air absent. « C'est terminé. Toute ma vie j'ai essayé d'être une gentille fille dans l'espoir de capter son attention. Mais maintenant, je m'en rends compte. Il est incapable d'être un bon père. C'était la définition même du père indifférent. C'était un connard égoïste. Je pense que je commence à comprendre ce que tu voulais dire. Tu as finalement eu la chance de ne pas ressentir ce manque, cette sensation de ne jamais être à la hauteur. »

« Oui, » murmura Audrey.

« Tout ce temps, je me suis demandé ce que je pourrais faire différemment, pour être à la hauteur. Je me pliais en quatre pour lui plaire. J'ai tout fait pour rentrer dans le moule que je pensais approprié. Alors qu'en fait, il ne voulait de moi sous aucune forme parce qu'il n'avait jamais voulu avoir d'enfants ! »

Audrey poussa un long soupir. « Je suis désolée. »

« Non, tout va bien. J'ai enfin réalisé que ce n'est pas ma faute. » Je jetai mon téléphone sur le lit. « Rien de tout ça n'est de ma faute. Et j'en ai assez d'essayer de me faire aimer d'un homme qui n'en est pas capable. Je mets fin à ce cercle vicieux dès maintenant. »

« Et tu as bien raison. » Elle détacha la serviette de ma tête et essuya mes cheveux mouillés. « Tu vaux bien mieux que lui. Tu mérites tout l'amour et tout le respect du monde. »

Je la regardai droit dans les yeux. « Je n'ai pas besoin de ce connard. »

« Bien sûr que non. Je suis là. Nous sommes une famille, maintenant. »

J'avais Audrey. Et moi-même. Peut-être pour la toute première fois. Je la serrai fort. « J'adore avoir une sœur. Tu es le plus beau cadeau que je pouvais espérer. » J'en eus les yeux mouillés. « Et j'adore que tu aies trouvé Boyd, que vous ayez un enfant. J'ai tellement hâte d'être tata. »

« Toi aussi tu es un cadeau de la vie. »

« On n'a pas besoin de lui. »

« On n'a jamais eu besoin de lui. » Elle posa sa main sur ses épaules et soutint mon regard. « Tu es tellement forte toute seule. »

J'acquiesçai. « Oui. Et je pense que je viens juste de le réaliser. »

Audrey sourit. « Et je suis là. Ce soir, je serai une Wolf, et tu auras une famille ici. Nous tous. Si tu veux bien. »

Je vins m'asseoir sur le bord du lit. « Eh bien, on dirait que je ne retournerai pas à l'école. »

Elle croisa les bras. « Oh que si. Tu as vas l'avoir ton diplôme. »

Je levai les mains en l'air. « Comment ? Je n'ai pas d'argent pour payer l'inscription. Même en prenant un boulot à côté, je doute que je pourrais y arriver. Mon dieu que je suis naïve, j'aurais dû m'y préparer. »

« J'ai cet argent. Je te le donne. Tu ne vas pas abandonner à cause de notre connard de père. »

Je ris à cette idée, peu habituée à son vocabulaire ordurier.

« C'est important les études, poursuivit-elle. Je sais que tu n'aimes pas vraiment ton cursus, mais tu pourrais changer de matières. »

Je levai la main. « Oh non. Je ne vais pas changer maintenant et m'infliger une année de plus. En plus, je n'ai aucune idée de ce que je pourrais faire. Ce serait une perte d'argent de– »

« L'école n'est pas une perte d'argent. C'est bien d'avoir un diplôme, même si tu ne poursuis pas dans la même voie. Tu pourras devenir ce que tu veux Marina. Tu le pourras toujours. Mais c'est à toi de décider. Je suis sûr que Colton aura envie de rester près de toi. »

Mon cœur se serra à ces mots. « Colton ? Il va rentrer en Caroline du Nord. »

Elle pencha la tête. « Vraiment ? »

« En tout cas, il ne reste pas pour mes beaux yeux. »

Elle fronça les sourcils. « Il n'a pas dit qu'il voulait rester ? » Elle me regardait de près.

« Clairement pas. Nous n'avons rien fait hier soir. » Bien que j'ai dès le début considéré cette histoire comme une aventure, cela restait plus pénible que je n'aurais pensé. « Il ne m'a pas touchée depuis hier. On dirait que cette aventure est terminée. Il me le fait bien sentir. »

Elle fronça les sourcils. « Hum, Marina, il t'a portée jusque dans sa chambre. Nous avons tout entendu. » Elle rougit, bien que ce soit moi qui en ait été la responsable. « Je doute qu'il se désintéresse de toi. »

« C'est pourtant le cas. Ce qui s'est passé… hier, c'était pour me punir de ce que je lui ai fait en quittant la chambre d'hôtel. Le fait que je sache qui il était, et pas lui. »

« Cela n'avait pas l'air d'une punition pour moi. » Sa bouche remua et ses yeux brillèrent d'amusement.

« Il a eu sa revanche, d'une bonne manière. Une très bonne manière. Mais c'est fini. Rien ne s'est passé depuis. Du moins, pas sexuellement. »

Elle fronça les sourcils, incrédule. « Quoi ? Sérieusement ? Ce n'est pas possible. »

« Si c'est possible. Crois-moi. »

Elle se mordit les lèvres et se perdit dans ses pensées. « C'est impossible qu'il agisse comme ça. Surtout avec ce soir et tout et tout. »

« De quoi ? Le mariage ? »

Elle ne dit rien pendant une minute. « Donne-lui un peu de temps. »

Je roulai des yeux. « Je pars. Il part. L'armée des Etats-Unis n'accepte pas les mots de retard. »

« Il y a autre chose, j'en suis sûre. » Elle remit ses lunettes.

« Eh bien, je doute pouvoir m'attendre à ce qu'il souhaite une vraie relation après ces jours. C'est de la folie. »

Même si nous nous entendions parfaitement, une alchimie hors normes.

« Nous verrons bien. » C'est tout ce qu'elle dit et je me demandai ce qu'elle me cachait.

16

OLTON

« Tu te fous de moi ? » dit Boyd, en passant sa main dans ses cheveux.

Nous étions dans l'étable, et je venais de finir de brosser Lucy. Elle hennit en entendant sa grosse voix. Il faisait frais à l'intérieur mais les esprits s'échauffaient. Y compris le mien. J'étais content que Marina soit avec Audrey et échappe à cette conversation. Ce ne serait pas beau à voir, et je serais incapable d'expliquer sans parler de notre condition de métamorphe et des raisons pour lesquelles Markle était une source d'ennuis. Après le départ de Marina, j'avais envoyé un SMS à Boyd et Rob, expliquant qu'il y avait un problème avec Markle. Ils étaient venus me retrouver pour décider de la suite.

« Non. Elles paissaient près de la cascade, » lui dis-je, relatant ce que Marina et moi avions vu pendant notre promenade. Je n'avais pas croisé Markle donc je n'étais pas aussi en colère que Boyd. Cela dit, cela avait gâché mon temps avec Marina et cela me donnait envie de le haïr.

Rob se pencha contre le mur en croisant les jambes. « Si elles viennent paître aussi loin, cela signifie qu'elles sont sur la propriété depuis quelques jours. »

J'étais d'accord. Ces bêtes-là n'avançaient pas très vite, et il y avait beaucoup d'herbe entre la clôture ouverte et la cascade.

« Je vais de ce pas lui coller encore mon poing dans la gueule. » Boyd tourna les talons.

« Attends une seconde, appela Rob. Tu te maries dans... » Il regarda sa montre. « Trois heures. Je peux gérer Jett Markle, mais pas une mariée en furie si son futur mari revient amoché juste avant la cérémonie. »

Il soupira et je vis retomber ses épaules. Il revint ensuite vers nous.

« Très bien. Allez-y tous les deux. » Boyd s'approcha et prit Lucy pour moi. « Je m'occupe d'elle »

Je regardai Rob qui acquiesçai. Je reposai la brosse sur l'étagère, avant de faire sortir Cannelle le temps qu'il selle son propre cheval.

Cela prit moins de temps qu'avec Marina tout à l'heure de rejoindre au galop la clôture ouverte. Bien que j'aime mon frère, Rob était du genre taiseux et bien moins mignon que Marina. Il n'était pas d'humeur à causer, et je n'avais pas envie de le contrarier. Même s'il fallait y aller fort pour ça. A grand renfort de sifflement et de cris, le bétail revint vite de l'autre côté de la clôture. Heureusement, il n'y en avait qu'une vingtaine. Cela prit un bon quart d'heure pour remettre la clôture en place, et encore la même durée pour voir apparaitre la maison de Markle.

Je n'étais pas venu sur ces terres depuis que j'étais enfant. Je me souvenais de la famille qui y habitait à l'époque. Deux enfants un peu plus âgés que nous qui étaient au lycée quand nous grimpions encore dans les arbres. Ils avaient déménagé après que les enfants aient grandi, ensuite, Rob m'avait expliqué qu'une autre famille l'avait habitée avant que la propriété ne soit vendue à Markle. La bâtisse avait un jour été blanche, mais elle était aujourd'hui couleur rouille. Le toit était maintenant en métal sombre. Les ouvertures d'origine avaient toutes été remplacées par des fenêtres aux bordures noires. Il avait même allégé la maison de sa partie arrière pour se faire une véranda. Une énorme baie vitrée donnait sur la montagne. Le réagencement était colossal et donnait à l'ensemble un air de chalet de montagne. Je me demandais à combien s'élevait sa facture de chauffage en hiver, mais un type comme Markle pouvait se le permettre.

« Vous revoilà messieurs ? »

La voix avait retenti de l'arrière et c'est là que je menai mon cheval suivi par Rob. Markle était affalé dans un fauteuil à bascule avec une assiette de fromage et de raisin accompagnée d'un verre de vin rouge.

A trois heures de l'après-midi.

Doux Jésus.

J'évaluai rapidement mon adversaire. Des vêtements chers qui devaient feindre la décontraction. Une peau bronzée en cabine. Des cheveux gominés. Un regard agréable mais qui reflétait l'égocentrisme.

« Wolf, » dit Markle en guise d'introduction.

Nous étions à six mètres de la bordure de la terrasse, toujours en selle.

« Voici mon frère Colton, » répondit Rob sans me regarder. S'il ne comprenait pas que c'était de moi qu'il parlait, je ne pouvais rien pour lui.

Markle tourna les yeux vers moi. « Un autre frère ? Mais combien y en a-t-il ? »

Je gardai le silence, laissant Rob gérer. Je ne savais pas ce qu'ils s'étaient dit auparavant, et c'était lui l'alpha. Ses terres, sa meute étaient affectées par Markle, et c'était sa responsabilité. Oh, je le soutiendrais au besoin, mais en second rideau.

« J'ai vu tes vaches sur la propriété des Sheffield. Elles ont traversé une portion de clôture. Colton et moi avons eu la courtoisie de tes les ramener. »

« Oh ! »

« Tu as parlé de problèmes avec des loups, alors ce serait certainement mieux pour tes bêtes de rester sur ton terrain. »

« Je n'avais pas remarqué que les terres voisines t'appartenaient, » dit-il en prenant une gorgée de vin.

« Pas plus qu'à toi. »

Markle serra les dents mais ne montra pas d'autre signe d'agacement.

« Ce terrain n'est pas à toi, Markle. Reste en dehors, » dit Rob en se penchant pour poser ses mains sur le pommeau de la selle.

« Ce sera le cas. »

Rob ne s'embarrassa pas à répondre, il fit faire demi-tour son cheval et s'éloigna. Je lançai un long regard à Markle, sachant qu'il serait une source intarissable d'ennuis à long terme.

Mais ce n'était pas le moment de nous en charger.

A mi-chemin vers le ranch, il dit. « La nièce ferait bien de rappliquer au plus vite, sinon la prochaine fois, c'est dans la cuisine des Sheffield qu'il s'empiffrera de vin et fromage. »

Rob poussa un petit grognement pour seule réponse.

« Ta permission est presque terminée. » Il regarda vers moi. « Je m'en chargerai. Boyd sera là pour m'aider. »

Il aurait tout aussi bien pu me tirer dans le dos. « T'es un enfoiré quand tu veux. »

« Parfois seulement ? » Il tourna la tête. Le coin de sa bouche remua.

« Je ne rempilerai pas. Je rentre à la maison. Pour de bon. »

Il tira sur les rênes pour arrêter son cheval. « T'es sérieux ? »

J'acquiesçai. Je ne l'avais pas encore dit à voix haute, mais c'était bon. Je n'étais censé rentrer qu'une semaine, pour le mariage de Boyd. Rien de plus. Et au lieu de ça, ma vie avait changé. J'avais rencontré Marina. J'avais réalisé que ma place était au ranch des Loups, ma maison. Il était temps de rentrer. Temps de faire ma vie ici.

« Je vais ramener Marina. Quand ce sera le moment, » dis-je, en espérant que mon loup ne perde pas la raison entre temps.

Il secoua doucement la tête. « Boyd est maqué. Tu es maqué. »

« Je suis foutu, répliquai-je. Tu trouveras ton âme sœur. Avant d'être frappé par la folie. Et tu pourras la revendiquer, contrairement à moi. »

Le vent se leva et je levai les yeux vers le ciel. Des nuages arrivaient de l'ouest, précurseurs typiques d'un orage d'après-midi. Après celui de l'autre nuit, j'espérais échapper à celui-ci. Je ne voulais pas que la fête soit gâchée.

« Je ne sais pas, avoua-t-il. Je ne sais pas combien de temps je tiendrai encore. »

Je repensais à la manière dont la pleine lune m'avait affecté l'année dernière. Elle me terrassait, accrochée à mes talons à chaque pas. Chaque transformation. Menaçant de me débarrasser de mon humanité jusqu'à ne laisser subsister que mon loup. Alors il n'y aurait plus de transformations. Je rêvais de me déshabiller et de partir courir. Mais il n'y aurait pas libération. Je ne la trouverais qu'avec Marina, enfouie profondément en elle. Assailli par son odeur. Mais je ne pouvais pas.

« Bien sûr que si. Tu es l'alpha. » Comme si cela expliquait tout.

Il regarda vers moi, et releva la tête pour que je puisse voir ses yeux. « Tu penses que tu vas t'en sortir avec ta femelle à l'autre bout du pays ? »

Il ne savait pas qui était sa compagne. Je connaissais la mienne, mais je ne pouvais pas la conquérir.

« Alors on est foutus, toi et moi ? »

« Après le mariage, on se transforme pour aller gambader un peu ? » C'était le meilleur moyen de me tenir à l'écart de Marina un jour de pleine lune.

Et il se contenta d'acquiescer. « C'est bon que tu sois de retour. On ferait bien de se dépêcher, sinon Boyd va nous flanquer une raclée pour être en retard à son mariage. »

17

OLTON

LA GRANGE AVAIT ÉTÉ TRANSFORMÉE. Je me demandai comment ils avaient fait—un coup de baguette magique tout féminin pouvant transformer les choses les plus simples en décor d'exception. Comme les gâteaux de Marina. De petites lumières avaient été accrochées à la charpente et une arche avait été recouverte de tulle et de fleurs. Ou peut-être pas que féminin vu que Levi et Clint y avaient passé la journée. Ils avaient reformé les Barn Cats, un nom tout trouvé pour un mariage dans une grange. Et ces derniers ne s'étaient pas fait prier.

Tout le monde s'était mis sur son trente-et-un alors que nous étions devant un autel de fortune à attendre Audrey. Je n'avais pas apporté d'uniforme avec moi alors j'avais mis mon jean le plus impeccable avec une chemise et une cravate de cowboy. J'avais ciré mes chaussures, mais c'était une habitude pour moi. Nous étions à l'intérieur de l'étable, les portes grandes ouvertes pour laisser entrer la lumière du jour.

Cela faisait un moment qu'il n'y avait pas eu de fête chez les métamorphes, mais celle-ci était différente. Cette fois-ci, il s'agissait d'un mariage de tradition humaine, avec la mariée qui remonterait l'allée vers l'autel. Il n'y avait que quelques chaises pour les invités, comme la liste officielle était réduite. Becky, Leigh et Anna étaient là, mais Audrey n'avait pas invité d'autres amis humains. Les convives étaient des métamorphes du ranch ou des collines environnantes.

Rob se tenait au centre. En tant qu'alpha, c'était lui qui allait diriger la cérémonie. Bien que Boyd ait déjà revendiqué Audrey, c'était un mariage civil aux yeux de la loi. Rob était juge de paix et pouvait ainsi officier. Il détenait cette fonction depuis plusieurs années, garantissant que les membres de la meute aient les mêmes droits.

Les violons se mirent à jouer, doucement et sans le timbre sauvage auquel le duo m'avait habitué.

Je me tenais à côté de Boyd—d'un calme olympien—et regardais Marina s'avancer vers moi, un bouquet de fleurs sauvages à la main. Le vent avait forci et faisait danser ses cheveux.

Je retins mon souffle en la voyant. Elle portait une robe simple, couleur de l'herbe au printemps. Un tissu doux et fluide qui semblait flotter autour d'elle. Elle lui arrivait au genou et elle portait des bottes de cowgirl. Je me demandai si Audrey les lui avait offertes ou si elle les avait louées, mais elle ressemblait à une vraie habitante du Montana.

« Putain, » murmurai-je en la regardant se placer à côté de Rob.

Il se pencha sur moi. « A moi les cinquante dollars. »

Je regardai Rob, le vis sourire et grognai.

Alors Boyd tourna la tête vers les portes de la grande et ouvrit grand la bouche. Audrey se tenait là, belle comme le jour, mais je n'avais d'yeux que pour Marina. Mon loup voulait effacer les trois mètres qui nous séparaient et crier à Rob de nous unir, légalement, alors seulement je la jetterais sur mon épaule pour l'emmener dans un endroit tranquille et la revendiquer. Mais je ne pouvais pas. Pas seulement parce que Boyd me tuerait et m'enterrerait au fond de la propriété, mais aussi parce que Marina ne savait pas ce que j'étais. Pas plus qu'elle ne savait combien j'avais besoin d'elle.

Putain, peut-être que moi aussi je l'ignorais encore, jusqu'à présent. Jusqu'à notre promenade de ce matin. Jusqu'à ce que ce ne soit plus un besoin commandé par mon loup, mais aussi un message de mon cœur.

Je l'aimais. Comment cela avait-il pu arriver en seulement deux jours ? Je l'ignorais, mais cela ne changerait pas. Je n'avais aucune idée de ce qu'il fallait faire. Ce n'était pas seulement mon loup qui avait besoin d'apaisement. Moi aussi. J'avais besoin de Marina. Audrey passa devant mon regard et je clignai des yeux.

Boyd l'accueillit, prit sa main et se pencha vers elle pour lui murmurer quelque chose dans l'oreille. Elle lui sourit, et il repoussa ses lunettes sur son nez. Elle portait une robe blanche taillée dans un tissu fluide. De petites fleurs y étaient brodées. Elle avait tiré ses cheveux sombres sur le devant, les laissant couvrir ses épaules. Je me demandai si elle avait déjà porté des lentilles de contact, mais aujourd'hui, elle avait mis ses lunettes. Boyd m'avait dépeint l'image du docteur sexy et j'étais d'accord avec lui. Elle était ravissante, amoureuse et pas nerveuse pour un sou.

Peut-être parce qu'elle avait déjà été revendiquée, et que

tout ceci n'était qu'une formalité humaine. Une vraie fête. Pour autant, je le ressentais doublement.

Ils se tournèrent vers Rob qui leur sourit. Un vrai sourire.

Je n'avais pas encore remarqué, mais il ressemblait de plus en plus à notre père en vieillissant. Son attitude était celle d'un alpha. Sa voix, alors même qu'il parlait d'amour et d'engagement reflétait l'autorité. Il était fait pour un être chef même si nous aurions tous préféré qu'il attende quelques années avant d'endosser ce rôle.

Nos parents auraient adoré tout ceci. Et Audrey, ainsi que le bébé qu'elle portait. Et Marina.

« Tu peux embrasser la mariée. »

Boyd se pencha et embrassa Audrey pendant que tout le monde applaudissait et criait. J'avais manqué toute la cérémonie, perdu dans mes pensées. Putain, je devenais sentimental. Un romantique. Encore un peu et il me faudrait un mouchoir pour me tamponner les yeux.

Mais je voulais la même chose avec Marina. Lui déclarer ma flamme. D'une manière absolue et honnête devant tous ceux qui m'étaient chers. Il n'y avait aucun secret entre Audrey et Boyd. C'est ce que je voulais avec Marina, mais cela ne pouvait pas arriver. Pas maintenant. Putain, j'étais foutu.

Le premier coup de tonnerre provoqua l'acclamation de l'assistance, comme si un coup de fusil venait de marquer le début de la fête. Les Barn Cats se mirent à jouer avant que les chaises n'aient été poussées sur les côtés. Je me dirigeai vers Marina, attiré comme un aimant.

« Coucou, ma jolie. » Je l'attirai dans mes bras pour la faire tourner. Cela devait être la pleine lune parce que son odeur enivra littéralement mes sens. La pièce se mit à tourner alors que je ne bougeais plus. Quand je regardai Marina, elle écarquilla les yeux.

« Qu'y a-t-il ? »

« Tes yeux ont une lueur étrange dans cette lumière—on dirait de l'or. »

Et merde.

Je ne pouvais pas lui avouer ce que j'étais. Elle était mon âme sœur, elle devait savoir. Mais encore une fois, si je me dévoilais sans passer à l'étape suivante, j'enfreindrais une règle de la meute. Et en cet instant, j'étais entouré d'eux, et ils me regardaient tous avec curiosité.

J'avais pris la décision de lui donner la vie qu'elle méritait d'avoir. L'alpha avait donné son accord.

« Hé Colton. On dirait que Boyd n'est pas le seul à avoir trouvé sa—» Shelby, une des jeunes femelles de la meute, s'arrêta net quand je lui fis un petit signe de tête. « —future femme, » conclut-elle après une brève hésitation.

Merde. Ça devenait embarrassant. J'avais vraiment envie de tout révéler à Marina, que le reste de la meute soit d'accord ou pas. Quel genre de compagnon étais-je pour lui cacher un tel secret ?

Je devais avouer qu'en apprenant par Boyd que son âme sœur était humaine, j'avais été surpris que la meute ait accepté sans broncher. J'aurais imaginé entendre des commentaires déplacés ou des murmures ce soir, mais rien de tel. Peut-être parce que l'alpha était d'accord. Ou peut-être parce que Boyd aurait arraché la tête de quiconque aurait parlé de sa femelle en des termes peu élogieux.

Leur acceptation me donna, cela-dit, de l'espoir. Accepteraient-ils que les deux sœurs humaines fassent partie de la meute ?

« Shelby, je te présente Marina, la petite sœur

d'Audrey, » dis-je, en posant la main sur le dos de Marina. Je n'allais pas arrêter de la toucher.

Shelby l'étudia avec curiosité. « Sœur, hein ? Intéressant. Eh bien, toute la ville adore Audrey. Elle est leur docteur préféré. »

Marina sourit. « Ouais. Elle est incroyable, n'est-ce-pas ? »

Si elle avait trouvé quoi que ce soit d'étrange dans cette conversation, elle n'en laissa rien paraitre.

« Viens par-là, ma douce, il y a quelque chose sur moi que tu dois savoir. » J'enroulai ses jambes autour de ma taille. J'adorais la porter. Les pulsions sauvages que j'éprouvais à ses côtés se calmaient dès que je la prenais dans mes bras, comme si mon loup sentait qu'elle était là. Qu'elle était en sécurité. A moi.

Le tonnerre gronda encore et la pluie se mit à tomber. Fort. C'était la saison des orages dans le Montana, et ils étaient costauds. La pluie martelait contre le toit de la grange, qui n'était malheureusement pas complètement étanche.

J'entendis des cris et des rires quand les convives essayèrent d'éviter d'être mouillés. Les Barns Cats cessèrent leur morceau pour se mettre à l'abri avant de reprendre. Boyd serra Audrey contre lui et lui fit éviter de se faire rincer. Ils étaient heureux, pas impactés le moins du monde par le changement de temps. Dieu merci, une petite averse ne suffirait pas à gâcher leur nuit.

Marina rit et serra ses cuisses autour de ma taille, ses bras enroulés autour de mon cou. Je trouvai un coin tranquille et m'assis, la gardant sur mes cuisses, face à moi. « Qu'est-ce-que tu voulais me dire ? » Je regardai atour de moi. Mon loup vint gratter à la surface, mais je le repoussai. Ouais, elle devait savoir. Elle devait comprendre pourquoi je la repoussais. Pourquoi je ne pouvais pas l'embrasser. Ni la baiser comme je voulais. Elle devait savoir parce que c'était mal de le lui cacher. Elle serait à moi, je n'avais aucun doute là-dessus. Plus tard, certes, mais je voulais qu'elle sache tout dès maintenant. Pas de secrets. « Tu vois tous ces gens ? »

« Oui. »

« Ce ne sont pas juste des fermiers, ce sont des méta—»

Un coup de sifflet déchira l'ambiance et la voix puissante de Rob couvrit la pluie. « Ecoutez-moi, tout le monde. »

Les Barn Cats s'arrêtèrent de jouer.

« Je suis navré d'interrompre la fête, mais je suis sûr que le torrent le long de la route du canyon est en train de gonfler en ce moment-même. Il pourrait bien déborder. »

Un silence de mort s'installa et chacun se souvint de ce qui était arrivé à nos parents lors d'un orage comme celui-ci.

« On ne plaisante pas avec ça, » ajouta-t-il pour ceux qui ne connaissaient pas notre tragique histoire. « Je ne veux pas vous savoir en danger ou que vous soyez coincés ici cette nuit. Alors que ceux qui doivent rentrer en ville le fassent maintenant ! »

« Oh mon dieu, » s'exclama Marina, en descendant de mes genoux.

« Attends, jeune fille, » dis-je, mais il était trop tard. Becky, Leigh et Anna étaient venues dire au revoir. Un défilé de félicitations et d'adieux, et Marina voulut leur donner des morceaux de gâteau à emporter. »

« Il n'y a pas le temps, ma douce. Elles doivent rentrer tout de suite, sinon cela pourrait être dangereux de conduire, » avertis-je.

Elle me dévisagea un temps avant de s'adoucir. « Ok. »

« Garde m'en pour plus tard ! » cria Becky en serrant

Audrey puis Marina avant de s'élancer sous la pluie battante.

Il ne restait plus qu'une dizaine d'entre nous avec l'orchestre, qui ne semblait pas se plaindre d'être coincé ici pour la nuit. Ils logeraient dans le dortoir. Ils jouèrent une chanson que j'avais entendue au Cody's la veille et Audrey et Boyd vinrent danser en ligne au centre de la pièce. J'ignorais que Boyd connaissait les pas. Ce devait être le cas de tout le monde, et des cris et des applaudissements impressionnés retentirent.

Je devais admettre que mon frère s'était adouci.

Marina incita quelques autres à nous rejoindre. Elle me fit signe de participer également mais la danse était une des rares choses que je fuyais. Hors de question. Sans compter que je m'amusais tellement rien qu'en les regardant. La camaraderie de la meute me rappela l'époque avant la mort de nos parents.

Ouais, j'allais rentrer à la maison. Il était temps. Et tout ça à cause de cette petite blonde dansant le

Boot Scootin' Boogie.

Un terrible craquement résonna, si fort que Marina sursauta. Immédiatement après, une partie du toit s'effondra sur nous tous dans un grand fracas.

Je me baissai instinctivement mais sans quitter des yeux les morceaux de bois qui tombaient. Une branche d'arbre également. Il y avait un énorme peuplier à côté de la grange, il avait dû être frappé par

la foudre.

Je courus par réflexe vers Marina et la plaquai au sol, couvrant son corps avec le mien, protégeant sa tête entre mes mains. Des cris et des grognements retentirent tout autour de nous, se mêlant aux craquements du bois et de la pluie pendant que les membres de la meute se transformaient pour assurer leur survie. Je n'étais parvenu à combattre cet instinct de transformation qu'après des années dans l'armée. Cela m'aidait de garder Marina en sécurité en-dessous de moi. Si ce n'était pas le cas, mon loup aurait enragé d'inquiétude.

« Non ! » cria une femme. La terreur dans sa voix me fit me redresser. Elle balançait des blocs de bois avec toute la force d'une métamorphe. « *Liam ?* »

Un enfant. Merde, il y avait un enfant là-dessous.

Je courus l'aider. Boyd et Rob étaient là aussi, retirant les décombres jusqu'à ce qu'ils découvrent l'enfant qui ne devait pas avoir plus de dix ans.

« Ne le bougez pas ! » cria Audrey, en se frayant un chemin jusqu'à eux avant de se mettre à genoux oubliant qu'elle portait sa jolie robe de mariage. La pluie passait à travers le toit détruit. « Il s'est peut-être brisé la nuque. »

« Ne t'inquiète pas, il va guérir, » lui dit Boyd à voix basse. Il s'accroupit à côté d'elle, trempé. « Ça guérirait plus vite s'il était assez grand pour se transformer. »

Audrey posa un genou à côté du garçon et vérifia son pouls sans le bouger. « Il est vivant. » Elle regarda sa mère en hochant la tête d'un air rassurant.

« *Transforme-toi !* » tonna la voix de Rob. Chaque métamorphe dans la grange l'avait ressenti, même si Rob ne leur parlait pas directement. Des gémissements couvrirent le bruit de la pluie en même temps que les bêtes se libéraient de leurs vêtements en les déchirant.

Marina glapit, tenant ma main pour se rapprocher de moi. Je la pris dans mes bras et la serrai fort.

« Il ne s'est pas encore transformé, » pleura la mère du garçon.

« Transforme-toi ! » Rob vint se placer juste devant le garçon, le protégeant un peu de la pluie et répéta cet ordre.

« Il ne peut pas. » La mère du garçon pleurait. « Tu ne penses pas qu'il l'aurait déjà fait s'il le pouvait ? » Elle se tourna vers Audrey. « Il n'y a rien que vous puissiez faire docteur ? »

Marina frissonnait contre moi, son corps tendre tremblant des traumatismes auxquels elle venait d'assister. Putain, elle avait tout vu. Elle savait. Je n'aurais pas besoin de tourner autour du pot pour lui révéler la vérité. Celle-ci venait de lui éclater à la figure comme le toit de la grange. Putain.

« *Transforme-toi, Liam !* » ordonna-t-il encore. Marina leva les yeux vers moi perdus, mais je ne dis rien. Et cette fois-ci, il avait infusé tant d'autorité que son cri retentit dans la grange. Mon propre corps trembla en réponse.

D'autres membres de la meute se transformèrent en gémissant, la queue entre les pattes. « Transforme-toi, maintenant. »

Et cela fonctionna.

Le corps du garçon bougea tout seul, ses articulations éclatant pour se reconstituer, ses vêtements se déchirant jusqu'à ce qu'il ne reste qu'un petit louveteau haletant.

Audrey caressa la colonne vertébrale du loup, à la recherche d'éventuelles fractures. Il ne saignait pas quand il était sous sa forme de garçon et j'en avais déduit qu'il avait été blessé à la tête par des débris de bois.

« En voilà une belle image. Liam a la fourrure noire, Maman, » dit calmement Boyd en regardant la mère du petit garçon. « Laisse-lui un peu d'espace. Il ira bien. » Bien qu'il ne soit pas médecin, sa voix rassurait la maman en larmes. « Je me suis brisé la nuque plusieurs fois en montant sur les taureaux et je m'en suis toujours remis. »

« Oh, merci, » s'exclama la mère en se laissant tomber

près de son fils fraîchement transformé. Je crois qu'elle s'appelait Clarinda. J'étais au lycée avec elle.

Rob prit les choses en main. « Que tout le monde sorte. C'est clairement dangereux ici. Si vous pouvez rentrer chez vous maintenant, allez-y. Sinon, nous vous hébergerons au dortoir pour la nuit. Johny, Levi, prenez Liam et mettez-le sur un lit pour qu'il se repose. »

Tout le monde s'exécuta, Johnny et Levi transportèrent le petit Liam sous la pluie, suivis par Clarinda. Audrey et Boyd se levèrent. Il posa sa main sur ses épaules en lui parlant. Elle acquiesça et se laissa tomber dans ses bras.

Boyd regarda Rob. « Si tu n'as plus besoin de nous, nous allons rentrer. J'aimerais retrouver notre cabane avant que le petit ruisseau sur la route ne déborde. Et vous êtes les dernières personnes avec lesquelles j'ai envie de passer ma nuit de noces. »

« Et si quelqu'un d'autre était blessé ? » demanda Audrey.

Boyd lui releva le menton et essuya la pluie de son visage. « Tout le monde va bien. Le bébé et toi êtes sous ma garde. C'est le moment de rentrer à la maison. La seule ici qui ne peut pas se transformer pour guérir, c'est Marina, et je suis sûr que Colton s'occupera bien d'elle. »

Je serrai Marina fort contre moi, mais je n'avais aucun mot à dire. Rien ne lui arriverait. J'avais connu un moment de pure terreur quand elle n'était pas contre moi au moment de l'effondrement du toit. Cela ne faisait que confirmer mes projets. Je voulais rester. Pour elle. Je devais juste attendre. Putain, j'irais peut-être même m'installer à Los Angeles avec elle. Peu importe ses projets, j'en ferais partie.

Les lunettes d'Audrey étaient couvertes de gouttes de pluie, et son visage était rongé par l'inquiétude. Cela lui était égal que sa belle robe soit couverte de boue ou que ses cheveux soient trempés ou même que la fête soit gâchée. Elle pensait aux autres comme un vrai membre de la meute.

Rob hocha la tête. « Allez-y. »

Boyd ne perdit pas une seconde, guidant Audrey vers l'orage pour l'emmener passer leur nuit de noces dans leur cabane sur la colline.

Ne restaient plus dans la grange que Rob, Marina et moi. Rob me regarda et acquiesça encore, me donnant un accord tacite pour expliquer à Marina ce qui s'était passé. Même si la vérité avait déjà en partie éclaté.

Je me tournai vers Marina et pris son visage entre mes mains. Sous ma peau, mes cellules vibraient d'envie de la prendre, mais je calmai ces sensations. « Tu te souviens hier, quand tu m'a surpris par ta présence dans la cuisine ? »

Elle leva les yeux, la tête plaquée contre ma poitrine. « Ouais. »

Je chassai des mèches de cheveux mouillés de son visage. Comme j'avais fait lors de notre rencontre. « Eh bien moi aussi, j'en ai une pour toi. Surprise, je suis un métamorphe. «

$\mathcal{M}$ARINA

J<small>E SUIS UN MÉTAMORPHE.</small>

Pas seulement un métamorphe. Un loup.

Ils étaient tous des loups.

Colton était à moitié loup.

LOUP !

Putain de merde.

J'avais l'impression d'être coincée dans un épisode de la quatrième dimension.

Audrey n'avait pas été surprise.

Elle savait.

Bien sûr qu'elle savait, son mari était aussi à moitié loup.

Cela signifiait qu'elle savait que Colton était un métamorphe, un loup, et qu'elle ne m'avait rien dit.

J'allais la tuer.

Et pourtant, que cela ne lui pose aucun problème, au point de se marier avec lui—et de faire un enfant—était la seule chose qui m'empêchait de paniquer. Du genre, si elle l'avait accepté, alors moi aussi, je le pourrais. N'est-ce-pas ?

J'avais vu un garçon inconscient se transformer en loup. Comme une métamorphose dans un film. Colton pouvait-il faire ça ? Le pouvaient-ils tous ?

« Surprise ? C'est ça que tu étais sur le point de me dire avant... » demandai-je.

Cela lui rappela certainement là où nous étions et il me guida hors de la grange pour me plaquer sous un surplomb à l'abri de la pluie qui tombait toujours avec force.

C'était comme lors de notre première rencontre, tous les deux pris sous l'averse. Et maintenant, nous en savions tant l'un sur l'autre. Des choses que je n'aurais jamais imaginées.

Des sourcils remuèrent d'inquiétude. « Oui, tu es blessée ? » Il avait un de ses bras musclés autour de moi mais mes genoux tremblaient encore à cause de la décharge d'adrénaline. Je craignais toujours de m'effondrer sur le sol. Il essuya la pluie de mon visage, comme si elle dissimulait des blessures. Je reniflai.

Oh mon dieu. Je comprenais maintenant pourquoi il pouvait me sentir. Je ne savais pas exactement ce que cela signifiait, mais cela me semblait maintenant évident.

« Non. »

« Je dois maintenant te demander de faire le serment de n'en parler à personne, » dit-il, le souffle court. Nous étions tous les deux affectés par l'arbre qui avait percé le toit de la grange, mais ceci était encore plus sérieux. Il était redevenu intense, comme lors de notre rencontre. « C'est essentiel pour la survie de la meute. »

Je rassemblai mes maigres connaissances en termes de loups garous, et ce dont je me souvins me terrifia.

« Audrey en est un aussi alors ? »

Il ouvrit la bouche en me regardant. « Non. »

Le tonnerre gronda au loin.

« Et tu vas me mordre pour me transformer en loup garou ? » Et que penser du fait que cette idée m'effraye autant qu'elle m'excite ? Etrangement, j'étais prête à me lancer dans une aventure avec Colton à mes côtés. Au point de plonger dans un univers paranormal. Et pourtant, il avait été très clair sur le fait que je ne l'intéressais pas.

« Quoi ? Non. Oh mon dieu, non. Ne crois pas tout ce que tu as pu voir au cinéma. Ce n'est pas une maladie qui se transmet par morsure. Nous sommes une espèce à part. »

Je frissonnai le temps de digérer cette information. Je n'avais aucune connaissance en... loups. J'aurais mieux fait de suivre un cursus en biologie.

« Nous ne sommes pas en sécurité, ici. Je dois te mettre à l'abri pour te sécher. » Colton me balança dans ses bras comme si je ne pesais rien et courut vers la maison.

« Colton ! » criai-je.

« Je ne laisserai pas ma compagne prendre de risque. » Il l'avait dit comme une prière.

Compagne ? Quel sens cela prenait-il dans la bouche d'un loup ? Un frisson qui n'avait rien à voir avec la pluie me parcourut. C'était la manière dont il avait prononcé ces mots. La pluie s'abattit sur nous, nous trempant instantanément. Je m'accrochai à ses épaules puissantes, me délectant d'être traitée avec tant de prévenance.

Deux jours. Je connaissais cet homme depuis deux jours à peine. Et cela semblait tellement plus.

Il ne s'arrêta qu'une fois à l'intérieur, me porta jusque dans sa chambre et m'assit sur son lit comme il l'avait fait l'autre jour après m'avoir arrachée à la cuisine.

Et alors il déchira ma robe. Comme si elle était faite de papier. Le tissu trempé s'ouvrit en deux et glissa le long de mes bras jusqu'à atterrir sur le sol.

Il contempla mon corps nu—enfin, je ne portais qu'une toute petite culotte et rien d'autre—et ses yeux se changèrent en billes ambrées pour de bon. Je le reconnus pour la première fois. Son loup.

Devais-je comprendre qu'il était excité ?

Certainement.

Il grogna.

Un long grondement du fond de sa gorge. « Putain, Marina. C'est impossible pour moi de te regarder. Je n'aurais pas dû t'amener ici. »

Je commençai à défaire les boutons de sa chemise, ignorant si je devais être flattée ou agacée. « Pourquoi pas ? »

Il prit mes poignets et me poussa contre le mur, mes mains clouées de part et d'autre de mon visage. Sa bouche fut sur moi avant que je n'aie le temps de respirer. Et il m'embrassa.

« Putain, Marina, » répéta-t-il, tout en passant sa bouche le long de mon cou.

« Je pensais... je pensais que tu ne voulais plus de moi. »

« Bien sûr que si, je ne peux pas me contrôler quand tu es près de moi. » Il lécha la pluie sur ma peau, et la suça jusqu'à laisser une marque.

« C'est ce que tu as fait hier soir pourtant. Pourquoi tu ne m'as pas... laissée rester avec toi si tu voulais de moi ? Oh mon dieu, je n'y comprends rien. » Je remuai contre lui, pour le sentir davantage. Sa poigne était ferme. Je n'irais nulle part, et cette idée m'excitait.

Il appuya son corps trempé contre le mien, ses jambes s'insinuant entre mes cuisses, me donnant quelque chose à enserrer quand il tirerait sur mes tétons.

« Colton, » gémis-je. Cela m'avait manqué. Une nuit sans lui et j'étais perdue.

« J'ai besoin de cette chatte, » grogna-t-il. Il semblait

avoir perdu la raison, mais j'adorais ça. Il me souleva encore contre le mur, jusqu'à ce que mes hanches soient à la hauteur de sa tête, avant de les jeter sur ses larges épaules et de me tenir les fesses. « Dégage, petite culotte. »

Il l'arracha littéralement de moi. Le tissu rompit, s'enfonçant dans ma peau juste avant de céder. Et ensuite sa bouche se posa sur ma féminité. Une langue brûlante sur ma chair fraiche. Il m'asséna plusieurs coups de langue, mordillant mes lèvres et prenant mon clitoris entre ses dents.

Oh que c'était intense. Il était aussi frénétique pour moi que je l'étais pour lui. Je remuai en gémissant, enroulant mes bras autour de sa tête, à la fois terrifiée et excitée par ma position précaire et l'intensité de sa passion.

C'était tellement soudain. La tête me tournait, tant les sensations m'envahissaient. Le plaisir, que je sentais monter, le cheminement émotionnel d'être redevenue le centre d'intérêt de Colton.

Et d'avoir découvert qu'ils étaient tous des métamorphes.

Sans aucune retenue, je vins frotter ma féminité contre son visage, à la recherche de la libération dont j'avais tant besoin. Je n'étais jamais passée du néant à un orgasme en si peu de temps. Jamais. J'étais prête depuis que j'avais dormi sans lui la veille.

Alors que j'en approchais, Colton leva la bouche de ma chatte. Il me regarda d'un air que je ne lui avais encore jamais connu. Si fier. Si sauvage. Si primitif.

« Attends, non, gémis-je. N'arrête pas. Je t'en prie. »

Colton se contenta d'un grognement surhumain pour toute réponse. Il me porta jusqu'au lit et m'y laissa tomber. Je rebondis, et il me chevaucha avant que je ne retombe pour la seconde fois. Ses yeux avaient viré à l'ambre pur. Ses lèvres étaient humides de mon intimité, les muscles de son cou tendus. Toute humanité avait disparu de son visage. Un frisson de peur me parcourut. Il aimait garder le contrôle, un peu sauvage, mais là ? C'était différent. On aurait dit qu'il avait passé sa vie enchaîné mais qu'un sortilège venait de le libérer.

Que savais-je vraiment à propos des frères Wolf ? Il avait peut-être menti. Peut-être qu'il était sur le point de me transformer en loup garou. Pouvais-je lui faire confiance ?

Sa peau était rugueuse quand il écarta mes jambes en descendant la glissière de son pantalon. Quand sa queue fut libérée, il la caressa de la base à la pointe. Levant la tête, il me regarda. Comme une proie. J'aurais juré que ses dents avaient changé.

Oh mon dieu—des crocs de vampire ? Non, de loups ! Peu importe, ils étaient longs et acérés.

« Colton ? » je reculai sur le matelas jusqu'à heurter la tête de lit

Il attrapa mes hanches et me tira jusqu'à lui.

« A moi, » grogna-t-il.

« Euh, ok, très bien, mais je ne comprends pas. Tu as changé, Colton. » La panique s'entendait dans ma voix alors que je le repoussai.

Il grogna et me roula sur le côté, me mettant une fessée au passage.

« Non, pas comme ça. » Je me retournai.

Il s'arrêta pour me regarder. Impossible de savoir si c'est le mot 'non' qui l'avait fait sortir de sa torpeur. C'était sauvage et rude, mais on aurait dit que Colton n'était pas là, comme s'il avait été chassé par quelqu'un d'autre. Par son loup.

Il secoua la tête et se détourna de moi, trébuchant vers son placard, pantalon ouvert, vêtements mouillés.

« Colton ? » Mon cœur tambourinait contre ma poitrine.

Il secoua la tête comme s'il écumait à l'instar d'un animal.

« Putain, Marina, » sa voix était étouffée quand il me regarda. J'étais nue, étalée sur son lit. J'avais immanquablement un suçon dans le cou et des marques rouges partout où il m'avait touchée.

Ma chatte palpitait d'envie, l'orgasme avait été si proche.

Il haletait comme s'il avait couru un marathon. Il s'essuya la bouche du revers de sa main, renifla et compris qu'il avait dû sentir mon excitation. « Je... putain, je ne peux pas faire ça avec toi. Ça ne marchera pas. »

Je m'assis et remontai les draps pour me couvrir. « Qu'est-ce-que tu veux dire ? »

Il marcha vers la porte, l'ouvrit brusquement et se tourna vers moi.

« Toi. Moi. Nous. Je dois y aller. Vas dans ta chambre, Marina. Tu ne peux pas rester ce soir. »

Oh mon dieu. Mais que se passait-il ?

Avant que j'aie le temps de réaliser, Colton partit, filant par la porte qu'il referma derrière lui. J'entendis son pas lourd résonner dans l'escalier, puis le claquement de la porte extérieure de la cuisine. Que s'était-il passé ? L'avais-je dégouté ? Sentais-je le poison ? Il venait de s'enfuir. Et il avait au moins été très clair à ce sujet.

Je me mis en position fœtale sur le lit, ma poitrine explosant de douleur. J'avais... encore pensé qu'un homme allait rester avec moi. Qu'il me voudrait telle que j'étais. Mais non. Colton avait certainement été le pire.

Mon père ne m'avait jamais donné la moindre miette d'affection. J'aurais pensé qu'il le ferait, mais je comprenais qu'il n'y en avait jamais eu. J'avais espéré, mais Cindy et les Caraïbes étaient plus importantes que moi. Ce type de la fac en avait après ma partenaire de TP ? Peu importe. Je manquais d'expérience, mais il ne m'avait rien apporté. J'avais pensé que si, mais c'était avant de rencontrer Colton.

Putain, Colton m'avait ouverte en deux pour révéler mon vrai visage à la face du monde. Je n'étais pas la fille désinvolte que j'avais envie d'être. J'étais plus que ça. Je connaissais le sens de l'amour, ce que signifiait une connexion. La dévotion, l'obsession. Tout. Et pourtant, je ne suffisais toujours pas. Impossible, sinon Colton serait avec moi dans ce lit en cet instant, et il s'occuperait de me faire crier son nom.

Colton avait tort. On dirait bien que tous les hommes finiraient par me laisser tomber. J'avais toujours pensé que je ne leur suffisais pas. Mon père. Ce connard de la fac. Colton.

Mais je suffisais. Et je méritais mieux que ça.

COLTON

JE COURUS à l'aveugle hors de la maison. J'ignorais où je me trouvais jusqu'à ce que je percute Rob de plein fouet.

« On va courir ? demanda-t-il en me regardant. Mec, que fais ta queue à l'air ? »

Merde. Je la remis dans mon pantalon, aussi douloureux que ce soit. Je bandais si fort que j'en avais mal. Et mes couilles…

Hors de question que je referme la glissière.

« Est-ce-que je dois cinquante dollars à Boyd ? »

Je le fusillai du regard en haletant. « Non, il ne s'est rien passé. »

Il arqua un sourcil sombre. « Vraiment ? »

La pluie avait faibli pendant que j'étais en haut avec Marina. A peine un petit crachin désormais, et le tonnerre semblait s'éloigner vers l'est. L'orage s'était envolé aussi vite qu'il était arrivé.

L'air était plus frais. Humide. L'odeur d'herbe fraiche et de terre humide emplit mes narines, estompant un peu l'odeur de Marina.

« Non, grognai-je. Pourquoi penses-tu que je suis là devant toi sinon ? »

Il savait ce que je traversais. A quel point je m'approchais de la folie.

« Putain. » Je me passai une main sur le visage, mes cheveux ruisselaient encore de tout à l'heure. « Allons courir. Longtemps. » Je retirai mes vêtements d'un seul geste et les jetai devant la porte de derrière, sans m'embarrasser à les déposer dans un endroit sec. Je les laissai dans la boue avec mes bottes. Je n'attendis même pas Rob et me transformai avant de m'élancer.

Nous n'avions pas pour habitude de courir sur notre propriété. Pas avec les voisins aux alentours. La loi de la meute imposait de courir dans les montagnes, pour passer inaperçus, mais je ne pouvais attendre aussi longtemps. Il faisait presque sombre, et cela m'était égal. Si cela contrariait l'alpha, il me réglerait mon compte plus tard.

Je sentis sa présence derrière moi, restant à distance au cas où je deviendrais fou. Il serait capable de m'aider à garder mon humanité en m'ordonnant de reprendre forme humaine avant la fin de la nuit si je n'en étais pas capable.

Et cela pourrait bien se produire. Je n'avais jamais autant ressenti la folie. La bête sauvage en moi prenait le dessus, grattant pour qu'on la libère.

Putain !

Je courus à vitesse maximale, suivant un chemin de nos terres qui menait vers les étendues montagneuses.

J'avais effrayé Marina. Mes crocs avaient poussé, recouvert du sérum qui allait la marquer à tout jamais comme étant à moi. J'avais été incapable de me retenir.

Elle s'était montrée trop parfaite. Sa chatte avait été trop douce. Son parfum persistait sur ma langue. Sa peau était douce comme de la soie, ses cris de plaisir et la traction sur mes cheveux avaient indiqué qu'elle était avec moi. Elle aimait que je sois sauvage, mais là, c'était tout autre chose.

J'avais été tout autre chose.

Je n'aurais jamais dû risquer de me retrouver dans une chambre avec elle. De retirer ses vêtements. C'était juste stupide !

Comment avais-je pu penser que je serais capable de garder le contrôle ? Je ne le pourrais jamais avec elle. Jamais.

Marina. Marina.

Je devais courir pour calmer la folie montante, alors je pourrais revenir vers elle. Tout lui expliquer. La prendre dans mes bras et lui demander pardon. Lui dire que je l'attendrais. Aussi longtemps qu'il le faudrait.

Je courus dans le sens de la pente, mes griffes écorchant la terre humide. Et une fois arrivé au sommet, je poussai un long hurlement.

Boyd avait raison. La vie était une chienne.

Si je survivais à cette nuit, je ne la défierais plus jamais.

19

MARINA

Je ne pouvais pas rester. Fixant l'étagère des trophées de Colton, je réalisai que c'était le dernier endroit sur Terre où je devais me trouver. Pas seulement sa chambre, mais au ranch des Loups.

Qui était rempli... de loups.

Audrey et Boyd s'était enfermés dans leur cabane pour leur nuit de noces et je doutais qu'ils viennent le lendemain, ni le jour d'après. Ils n'avaient pas prévu de lune de miel, alors je n'imaginais pas les revoir de sitôt.

Et je ne pouvais certainement pas rester dans cette maison avec Colton et Rob.

Je ne savais même pas si je pouvais leur faire confiance, maintenant que je connaissais leur nature.

Et Colton...

Colton m'avait brisé le cœur.

Tout comme mon père. Ou plutôt non, je m'étais brisé le

cœur contre lui. Je n'aurais pas dû l'aimer pour commencer. Je m'assis, essuyai mon visage avant de rejoindre ma chambre. J'enfilai des vêtements. Je ne savais même pas ce que j'avais bien pu faire pour l'effrayer à ce point. Je me dis que je devais être trop humaine pour lui. Je ne faisais pas le poids. Encore et toujours la même histoire.

Sauf que non. Ça suffisait. Je passai mes bras dans les manches d'un sweatshirt à capuche et l'enfilai par la tête. C'était leur problème. Pas le mien. Ce n'était pas moi qui n'étais pas assez bien.

Je ne pouvais pas continuer d'analyser chaque événement de ma vie comme si j'en étais la seule responsable.

Bien sûr que je suffisais. Je me suffisais à moi-même. Audrey avait raison. Je méritais tout l'amour du monde.

Quelqu'un qui ne ferait pas n'importe quoi avec mes sentiments.

Si Audrey savait comment Colton s'était comporté, elle verrait rouge, mais je n'allais pas lui gâcher son moment. Je m'assis sur le bord du lit, enfonçai mes pieds dans d'épaisses chaussettes et mis mes baskets.

A partir d'aujourd'hui, j'allais prendre soin de moi. Et cela impliquait de me diriger vers un endroit où je me sentirais en confiance. Loin de cette maison. De ce ranch. Et l'endroit le plus proche auquel je pensais n'était autre que ce stupide motel d'il y avait quelques nuits. Il était sur la route de l'aéroport. Je pourrais ensuite m'envoler loin du Montana et réfléchir à ce que j'allais faire de ma vie.

Audrey serait là pour moi, je le savais. Putain, elle avait même proposé de payer mon inscription à la fac. Mais je devais m'en sortir par moi-même. Faire ce que je voulais. Je pensais devenir ingénieur et rendre mon père heureux. Quelle bêtise. Ici, j'avais pensé que peut-être c'était Colton que je pourrais rendre heureux. Encore un échec cuisant. Alors qu'en fait, c'est moi que je devais rendre heureuse. Et ce soir, cela impliquait de partir le plus loin d'ici avant que Colton revienne.

J'avais vu Audrey se marier. J'avais rempli ma tâche ici. Elle allait être occupée au lit avec Boyd plus longtemps que je ne pouvais attendre. Ils pourraient manger le gâteau de mariage encore intact quand ils referaient surface. Je nous rendrais service à tous les deux en changeant mon billet d'avion pour demain. La séparation serait propre et nette.

Oui, c'était exactement ce qu'il convenait de faire. Je fourrai mes affaires dans ma valise et la refermai. Cela ne me prit que quelques minutes pour me retrouver dans l'escalier, faisant résonner la lourde valise contre le mur. Dehors, l'air était frais et humide, mais la pluie avait cessé, comme si Dieu approuvait mon projet. Tant mieux, cela voulait dire que je pourrais rallier le motel par la route sans risquer de me noyer. Ou du moins, je l'espérais. Je me dépêchai de rejoindre ma voiture et déposai mon bagage sur le siège arrière, mis le contact et démarrai. En accélérant, j'aperçus Levi passer la tête hors du dortoir pour observer ma fuite.

Très bien. Il leur expliquerait m'avoir vue partir.

En remontant la longue et sombre allée vers l'arche qui en symbolisait l'entrée, je réalisai que cela m'était égal de ne jamais revenir.

———

COLTON

. . .

IL ÉTAIT MINUIT PASSÉ quand je réussis enfin à épuiser mon loup.

Quelques employés du ranch et d'autres éléments de la meute non encore accouplés s'étaient joints à nous pour profiter de la libération de la peine lune. Mais la plupart étaient restés chez eux après l'orage et les évènements.

Ils étaient tous repartis sauf Rob. J'étais parti trop loin pour qu'ils aient envie de me suivre. Lui me collait aux basques depuis de début, essayant de me faire faire demi-tour, et il ne lâcherait pas.

Je dévalai la montagne en direction de la maison. Même épuisé, la folie irradiait toujours en moi.

La marquer. La marquer. La faire mienne.

Chienne de pleine lune. Non. Pas. Maintenant.

Je demanderais à Rob de m'enfermer s'il le fallait. Même si j'avais désespérément besoin de parler à Marina, de lui expliquer pourquoi j'étais parti, je ne pouvais pas prendre le risque de m'approcher d'elle. Demain, je lui expliquerais tout. Je ramperais même.

Je repris forme humaine en arrivant à la porte de derrière, ramassai mes vêtements dans la boue. Mon dieu, on aurait dit qu'une voiture avait roulé dessus. J'étais tellement hors de moi tout à l'heure. J'ignorais si on m'avait vu.

Au moins, tous les humains étaient partis.

Levi arriva depuis le dortoir, comme s'il nous avait attendus.

« Hé Colton. » Il se redressa et mit les mains dans ses poches.

Je l'ignorai, fixant la maison. S'il voulait passer, il pouvait me voir cul nu. « Pas maintenant. »

J'en avais assez de lutter contre mon loup au lieu de régler les choses avec Marina.

« Elle n'est pas là, mec, » appela-t-il.

Je me figeai sur place, traversé par un frisson de terreur.

Je tournai les talons. « *Qu'est-ce-que tu veux dire, elle n'est pas là ?* »

Il ne pouvait parler que d'une seule personne. De Marina. De ma femelle.

« Elle a pris sa voiture et elle est partie, mec. Quand la pluie s'est arrêtée. Elle n'a rien dit, je ne sais pas où elle est allée. »

Audrey. Elle serait partie chez Audrey. Cela avait du sens. Elle était partie parler à sa sœur. Je secouai mon jean boueux et essayai de l'enfiler, mais Rob m'en empêcha. « Vas mettre des vêtements propres, Colton. » Il avait parlé d'une voix basse et posée. Comme s'il essayait de me calmer.

« Je n'ai pas de temps à perdre ! » grognai-je.

Il me prit le bras. « Si tu n'arrives pas à te contrôler, je te jure que je m'assois sur toi toute la matinée. Vas te nettoyer. Mets des vêtements secs. Et remets-toi les idées en place. » C'était le commandement de l'alpha, ce qui adoucit un peu mon loup frénétique.

J'inspirai profondément. « Oui, alpha. »

Je courus les marches deux par deux. L'odeur de Marina était partout, emplissant mes narines, faisant vriller mon loup intérieur. Il hurlait sans cesse en moi, déterminé à la retrouver. La course au clair de lune ne m'avait pas calmé d'un iota.

Je pris une douche de dix secondes, seulement parce que Rob avait raison—j'étais couvert de boue. Je mis des vêtements propres tout en descendant l'escalier et pris les clés de mon camion de location.

Je vous en prie, faites qu'elle soit chez Audrey et Boyd !

Rob me cria quelque chose quand je m'en allai, mais je n'écoutais déjà plus. Je ne pensais qu'à retrouver Marina.

Je grimpai dans mon camion et mis le contact, patinant dans la boue quand j'accélérai trop fort.

Je devais me calmer, ou j'allais m'enliser. Je relâchai l'accélérateur jusqu'à ce que je rejoigne la route, ou je pus enfin gagner doucement en vitesse.

Les lumières étaient éteintes chez Boyd mais je m'en moquais. Je grimpai les marches et tambourinai à la porte.

Je remarquai à peine l'expression de colère sur le visage habituellement amical de mon frère, nu comme un ver. « Tu ferais mieux d'avoir une bonne raison de débarquer ici pendant ma nuit de noces. »

Nuit de noces ?

Putain, j'avais déjà oublié.

Mais il pouvait toujours courir pour que je m'excuse. « Où est Marina ? » tonnai-je.

Mon esprit était trop embrumé pour voir clairement la situation. Pour comprendre que Marina ne serait jamais venue se réfugier chez eux pendant leur nuit de noces. Elle n'avait pas perdu la raison, contrairement à moi.

Le visage de Boyd s'assombrit.

Audrey apparut derrière lui, vêtue d'un peignoir en soie blanc. Elle ne portait pas ses lunettes.

« Que se passe-t-il ? » L'inquiétude transpirait de sa voix endormie.

« Je suis désolé, » me forçai-je à dire en baissant la tête. C'était une chose que de voir mon frère nu, mais une toute autre de voir ma belle-sœur en petite tenue, surtout que j'étais vraiment un connard de les avoir interrompus.

« Marina est partie, et je me demandais si elle était là ou si elle était passée vous voir ? »

Audrey ouvrit grands les yeux. « Qu'est-ce-que tu lui as fait ? »

Je le méritais, mais ses mots me frappèrent comme un coup dans le ventre.

Putain.

Que lui avais-je fait?

Je lui avais fait peur, ça oui. Était-ce pour ça qu'elle était partie ?

Je me passai une main sur le visage en essayant de me souvenir exactement de ce qui s'était passé. Je la dévorai contre le mur de ma chambre et ensuite je l'avais jetée sur le lit pour lui faire l'amour. Mes crocs avaient poussé. Elle avait eu peur et essayé de me repousser, mais je n'étais pas sorti de ma torpeur avant de l'entendre dire non.

Putain !

« J'ai perdu le contrôle, avouai-je. La pleine lune. Putain. Je voulais la marquer. Et je lui ai fait peur. Alors je suis parti d'ici pour la garder en sécurité. Je lui ai dit—»

Oh merde.

Je savais pourquoi elle était partie. Qu'avais-je dit. Quelque chose d'immensément stupide. Comme, *je ne peux pas être avec toi.*

L'avait-elle prit comme un rejet ?

Ma jeune fille sensible ? Elle portait cette insécurité à cause de son connard de père. Ne pas être à la hauteur. Et si moi aussi, je lui avais fait ressentir ça ?

Putain, je m'en couperais le bras si c'était ce que j'avais fait.

C'est ce que j'avais fait, à coup sûr. Et c'était d'autant pire venant de moi. J'étais son refuge, son repère, celui qui la laissait être exactement ce qu'elle était. Je l'avais fait laissée se soumettre librement à moi. Et elle m'avait tout donné d'elle, y compris son cœur.

Et j'avais agi comme un connard. Je l'avais détruite.

« Qu'est-ce-que tu lui as dit ? » mordit Audrey.

« Pas assez, avouai-je encore. Je ne lui ai pas dit qu'elle était mon âme sœur parce que–»

« Tu ne m'as jamais dit que c'était le cas ? » elle avait quasiment crié.

« Je ne voulais pas lui mettre la pression. Elle est si jeune, et elle termine ses études. Elle a besoin de s'amuser et devenir quelqu'un, de découvrir ce qu'elle aime. Faire la fête, danser, merde. Je voulais calmer mon loup et lui en laisser le temps. »

Audrey croisa les bras en écoutant.

« Si elle était une métamorphe, elle saurait qu'elle m'appartient. Mais Marina n'est qu'une petite et douce humaine qui n'y connaissait rien aux métamorphes jusqu'à aujourd'hui. Ce n'est pas comme si je pouvais la mordre sans son consentement. J'irais trop loin si j'agissais de la sorte avec une jeune femme qui vient tout juste de rencontrer un homme et qui ignore ce que je suis. »

Audrey mis les mains sur ses hanches, et Boyd saisit le devant de son peignoir pour en rabattre les deux pans. « Alors, que lui as-tu dit ? » demanda-t-elle en l'ignorant.

Je baissai la tête et fermai les yeux par tristesse. « Quelque chose de stupide, marmonnai-je. Mais je vais arranger ça. Tout de suite. Je vais la retrouver. »

« Tu as intérêt, dit Audrey. Et tu vas tout lui dire. N'imagine pas ce qu'elle pourrait supporter ou pas. Elle est peut-être jeune mais elle n'est pas stupide. Elle peut faire ses propres choix. Y compris en ce qui te concerne. Elle n'a pas besoin que tu la protèges. »

« J'aimerais bien voir ça, » grommelai-je, mais je me dirigeai déjà vers mon camion. Je devais trouver Marina dès ce soir, avant de perdre la tête pour de bon.

« Elle doit savoir la vérité, Colton. C'est la seule chose dont elle ait besoin. »

Ces mots eurent l'effet escompté sur moi parce qu'ils étaient vrais. Tellement vrais.

J'acquiesçai en m'éloignant.

« Tu as intérêt de régler cette histoire, » appela Boyd et je lui aurais bien répondu par un doigt d'honneur si je n'avais eu besoin de toute ma concentration pour accomplir ma quête. Je devais retrouver Marina.

Où diable avait-elle bien pu aller ? Où pourrait-elle se réfugier à une heure aussi avancée de la nuit ? Le chemin vers l'aéroport prenait bien deux heures. Il n'y avait plus de vol à cette heure. Si elle retournait à Los Angeles, ce qui était l'option la plus probable, elle devrait attendre le matin. Alors, je me dirigerai vers Bozeman, je vérifierais les hôtels. Et je la retrouverais. Il le fallait. Je ne pouvais la laisser partir comme ça. Comme avait dit Audrey, elle devait entendre la vérité. Parce que je refusais que cette photo sur mon téléphone soit le seul souvenir qui me reste d'elle.

20

ARINA

JE N'AURAIS PAS DÛ REVENIR à ce motel. Me retrouver là me rappelait bien trop Colton. Au moins, j'avais eu une autre chambre. Après quarante-cinq minutes sous la douche, à espérer que le jet d'eau brulante effacerais ce weekend, je m'étais écroulée dans mon lit pour pleurer davantage.

J'avais rejoué toute la scène dans ma tête. Mot pour mot. Chacun de ses gestes.

Mon dieu.

Pourquoi était-il si parfait pour moi ? Pourquoi l'avais-je déjà dans la peau ? Notre attirance sexuelle était hors normes, mais cela allait bien au-delà. J'aimais tout chez lui, ses manières très dominantes et protectrices. Comment il m'avait soulevée de cette borne kilométrique sur laquelle j'étais montée, et fait sécher mes vêtements. Et tout ce qui s'était passé entre temps. Il avait été tellement digne de confiance. Attentif. Protecteur. Et pourtant, l'image de lui perdant la raison dans la chambre il y a une heure me revint accompagnée d'une douleur lancinante dans la poitrine.

Pourquoi était-il parti ? Qu'est-ce-qui clochait ?

Mais non, je n'irais plus sur ce terrain-là. J'allais mettre un terme à mes habitudes d'analyser chaque événement de ma vie qui s'était mal passé ou que j'aurais pu affronter différemment.

Le problème venait de lui.

Et pourtant, cette stupide scène se rejouait sans arrêt dans ma tête. Et quand j'arrêtai de traquer mes fautes, cette image changea.

Il avait les yeux brillants. Il avait été plus loup qu'humain. Comme s'il s'était retenu pendant tout le temps que nous avions passé ensemble. C'était plutôt effrayant, mais à juste titre, Coton était un homme intense avec une profondeur que je n'avais jamais connue. En cet instant, j'avais eu peur et j'avais dit non.

Et là il s'était arrêté. Il m'avait regardée avec horreur, et fait marche arrière. Avant de prendre la fuite.

Je me redressai dans mon lit, fixant le néant dans la chambre obscure.

Colton était un homme d'honneur. Un homme à qui j'avais assez fait confiance pour m'attacher et faire avec moi une longue liste de choses très coquines.

Je lui avais dit non, et il s'était arrêté sur le champ, même s'il était loin d'être lui-même.

Je ne peux pas te faire ça. Ça ne marchera pas.

Il était agité. Pire que ça. En colère, enflammé. Nous étions sur le point de faire l'amour, et il s'était arrêté quand je lui avais dit non. Je n'étais pas un homme, mais je me dis que cela avait dû lui en couter. J'avais senti son sexe contre ma chatte, et il semblait sauvage tant le besoin de me baiser était intense.

Je devais arrêter de me jeter la pierre. Une femme avait le droit de dire non à tout moment. Quelle que soit la raison. Je n'aurais juste jamais imaginé dire non parce que l'homme en face de moi était à moitié loup.

Je pouvais maintenant aborder la situation avec plus d'objectivité. Peut-être qu'en cet instant, où il m'avait vue allongée sur le lit, Colton avait décidé que cela ne pourrait pas fonctionner avec une humaine. Parce en tant qu'*humaine*, je ne pouvais pas tout comprendre. Ou peut-être parce qu'il aurait été trop brusque, trop *loup* pour moi.

Mais Audrey et Boyd avaient réussi. Bien qu'elle ne m'ait pas tout dit de leur vie sexuelle, je savais qu'ils étaient actifs. Et que c'était torride. Et coquin. Elle m'avait même racontée que Boyd était un peu rude, et qu'elle adorait ça. Mais était-il rude de point de vue de l'homme ou du loup ?

Aïe. Je me laissai retomber sur les oreillers. Je *devais* arrêter de penser à tout ça. J'avais physiquement quitté le Ranch des Loups. Je devais faire le vide en moi. Aller de l'avant pour décider ce que je voulais faire de ma vie. Découvrir ce que j'en attendais.

Et je voulais Colton.

Mon dieu, non ! Je me mis une gifle pour essayer de chasser cette pensée déplaisante.

Et c'est à ce moment-là qu'un frappa à ma porte.

« Marina ? »

J'haletai en fixant la porte.

Colton.

Je me raidis, mon cœur frisant la tachycardie en un instant. Mon estomac rebondit. Il était là.

« Marina, je sais que tu es là, ma douce. Je t'en prie, laisse-moi entrer. »

Je ne bougeai pas. Mon corps tout entier tremblait en pensant à ce qui pouvait arriver.

« Laisse-moi t'expliquer ce qui s'est passé ce soir, dit-il à travers la porte. Ecoute-moi. Ensuite tu pourras me dire de partir, et je le ferai. Je te le promets. »

Une larme glissa le long de ma joue. Je pleurais déjà et j'ignorais encore ce qu'il allait dire.

« Je t'en prie Marina. J'ai merdé. Je ne t'ai pas dit le plus important. Quelque chose que tu dois savoir. Sur nous deux. C'est important. Une question de vie ou de mort. Je ne te ferai pas de mal. »

Je me laissai doucement glisser au sol et me levai. Mes genoux tremblaient. Je crois que je retenais mon souffle.

« J'essayais de te protéger, Marina, poursuivit-il, comme s'il allait tout me dire, que j'ouvre la porte ou pas. Je ne voulais pas te faire de mal. Mais c'est ce que j'ai fait malgré tout. J'ai été stupide. Je t'en prie, ma douce, ouvre cette porte. Je me retiens déjà assez pour ne pas la défoncer. »

J'hoquetai un sanglot en me couvrant la bouche, de nouvelles larmes coulant de mes yeux. Je l'entendis grogner et compris pourquoi. Il savait que je pleurais.

Il voulait de moi.

Colton Wolf voulait de moi. Et il y avait une raison à son comportement.

Je bondis contre la prote et l'ouvris.

« Dieu merci, » murmura-t-il en entrant, comme si son corps était attiré par le mien. Il portait un jean et un t-shirt noir, parfaitement net, mais ses yeux étaient sauvages, presque désespérés, pour moi.

Je m'étais promis de rester forte et de ne pas avoir besoin de lui, mais au lieu de tout ça, je me laissai tomber dans ses bras. Il me souleva et me serra fort. J'aurais mieux fait de le laisser supplier. Ramper, même, mais je ne pouvais pas lutter. J'étais furieuse contre lui, mais je devais comprendre pourquoi.

« Oh, dieu merci, » murmura-t-il. Il mit un genou à terre et me serra contre lui. « Dieu merci, je perdais la raison sans toi ma douce. »

« Comment... comment tu m'as retrouvée ? » demandai-je, ma joue appuyée contre lui pour absorber son énergie, tout comme je l'avais fait avec Lucy.

« Je te retrouverai toujours, murmura-t-il, embrassant le sommet de ma tête. Cela aide aussi que tu aies loué la plus petite voiture de l'Etat. Facile à repérer. »

Je repris mes esprits et tentai de le repousser. Il ne me laissa pas partir pour autant. A la place, il se mit à parler rapidement. « Tu es mon âme-sœur, bafouilla-t-il. Les loups ne choisissent par leurs compagnons, le destin choisit pour eux. Je t'ai reconnue comme telle à la seconde où mes yeux se sont posés sur toi, sous la pluie. »

« Attends, quoi ? » Je reculai pour voir son visage. Il bougea de sorte que je me retrouvai à chevaucher sa taille, et seuls quelques centimètres séparaient nos visages. Était-ce pour cela qu'il m'avait reniflée sous l'orage ? Cela semblait alors si étrange, mais maintenant... Cela faisait sens. J'avais vu Boyd faire de même, l'autre jour dans la cuisine.

« Vous sentez les gens ? »

« Je te sens toi. Je saurais reconnaitre n'importe où que tu es faite pour moi. »

Son regard brulait d'intensité, mais ses yeux n'étaient pas couleur ambre. Ses iris étaient restés humains cette fois-ci.

« Les loups n'ont qu'une compagne. Parfois, ils passent toute leur vie à la trouver. Certains ne la trouvent jamais, et la lune les fait enrager, à tel point qu'il faut les abattre. »

« Quoi ? » Cela faisait beaucoup à intégrer d'un seul coup. La lune ?

Colton reprit, comme s'il devait prononcer chaque mot. « Quand un métamorphe mâle trouve sa femelle, il la mord pour diffuser son odeur partout en elle, pour que les autres mâles sachent qu'elle a été conquise. Je sais... ce doit être terrifiant à entendre pour toi, » dit-il rapidement, ayant probablement vu l'effroi sur mon visage. « C'est pour ça que je ne me suis pas jeté sur toi tout à l'heure. Pour ça que je ne t'ai pas dit ce que tu étais pour moi. C'est la pleine lune ce soir, et ça m'a rendu fou. Mon loup n'aspirait qu'à te marquer. En cet instant, dans mon lit, alors que tu ne savais même pas ce que cela signifiait. J'étais trop agressif. Trop sauvage. Je t'ai fait peur alors j'ai dû te laisser. Je devais me transformer, aller courir sous à la lumière de la lune, pour ne pas te faire de mal. »

Il soupira, caressant à nouveau mon dos. Son regard tomba sur mes lèvres, avant de remonter sur mes yeux. « Je suis désolé, ma douce. Je pensais que te trouver apaiserait la rage du loup à l'intérieur de moi, mais je crois qu'il ne sera pas satisfait avant de t'avoir complètement conquise. »

« Tu vas me... mordre ? » déglutis-je péniblement. Audrey m'avait demandé si je m'étais protégée... Elle aurait mieux fait de me donner des cours d'accouplement avec un loup à la place.

Il grimaça. « Seulement pour te conquérir. » Il passa sa main sur mon cou et glissa le long de mon épaule, caressant l'endroit délicatement du bout de ses doigts. « Ici. Une seule fois. Pour savoir que tu es à moi pour toujours. »

Je remuai mon épaule involontairement.

« N'ai pas peur, jeune fille. Je ne te toucherai jamais sans ta permission. Je ne te marquerai pas sans ton consentement. C'est pour ça que je suis parti. Tu as dit non. Tu es jeune, et humaine. »

Il soupira, passa une main dans mes cheveux et

descendit encore le long de mon dos, comme s'il ne pouvait s'empêcher de me toucher.

« Cela va probablement te paraitre fou. Je sais que c'est trop pour toi de t'engager pour la vie, et c'est pour ça que je t'ai repoussée. Tu n'as que vingt-et-un ans. Tu as la fac. Des amis. Tu dois t'amuser. Putain, danser. J'ai tellement hâte que tu sois prête à te poser. » Il soupira mais cela ressemblait plus à un grognement. Était-ce son loup qui se plaignait ? « J'essayerai, cela dit. Je ne pourrai certainement jamais rester à tes côtés les soirs de pleine lune, mais nous pouvons attendre. Apprendre à nous connaitre jusqu'à ce que tu sois prête. Si tu veux bien me donner une occasion de te séduire. » Il avait dit ces mots d'une manière presque frénétique. Il les avait gardés en lui et ils venaient de sortir comme l'eau d'un barrage qui aurait cédé.

Des larmes dévalèrent le long de mes joues. Cela faisait vraiment beaucoup.

Mais je n'avais pas peur. Pas du tout.

J'étais heureuse. Excitée.

Colton ne voulait pas juste de moi. Il voulait me marquer.

Comme sienne. Pour la vie.

Je pris son menton entre mes mains. « Quand tu étais devant la porte, tu as dit que c'était une question de vie ou de mort. »

Un vague de regret déferla sur le visage de Colton, et il laissa tomber son front contre le mien. « Peu importe, dit-il doucement. Je ne veux pas faire peser cela sur tes épaules. »

Mon pouls accéléra encore. Je levai les mains sur son biceps. « Faire peser quoi ? C'est à cause de la lune ? »

Ses muscles se tendirent sous mes doigts. « Tout va bien, ma douce. Je pourrais me retenir tant que tu as autant besoin de moi que j'ai besoin de toi. »

Oh wahou. Que c'était excitant. Et courageux, quoiqu'à sens unique.

Colton était prêt à devenir littéralement fou plutôt que de mettre une quelconque pression.

« Je sais que tu es un battant et que tu protèges les gens. Mais je ne veux pas que tu te sacrifies à ce point pour moi. Pas sans que j'aie mon mot à dire. Tu ne penses pas que je devrais décider par moi-même ce qui est bon pour moi ? »

« Tu es jeune, » objecta-t-il.

« Et toi tu es un idiot. Je te veux, toi. Je n'ai pas de loup en moi, mais je sais, tout comme toi. C'est une totale ineptie de te sacrifier pour moi juste pour me préserver. »

Il ouvrit la bouche mais j'y posai mon doigt pour le faire taire. « N'envisage même pas de me punir pour mon impertinence. Si nous sommes tous les deux impliqués, comme tu l'as dit, alors nous sommes impliqués. Nous en parlons. Comme des adultes. Et tu es censé en être un. »

Il mordilla la pointe de mon doigt et le chassa.

« Tu as raison, » dit-il. Ses épaules se détendirent un peu, mais sa poigne était toujours forte. « Je ne pouvais pas te parler des métamorphes que nous sommes sans avoir la certitude que tu restes. »

« Tout ce que tu as à faire, c'est me demander de rester, » murmurai-je.

Il secoua la tête. « Je ne peux pas te priver de ta propre vie. »

« Tu m'en offres une, Colton. Abruti, tu m'offres une vie avec *toi*. »

Les mots ne suffisaient plus. On dirait bien que je n'arriverais pas à faire plier cette forte tête. Je me penchai et mordillai son cou. Il rit de surprise. Sa peau était chaude et avait le gout de sel et de pur Colton.

Il grogna et j'adorai ça. « Tu essayes de me marquer jeune fille ? »

« Ouais, dis-je doucement en me penchant en arrière pour le regarder dans les yeux. Je crois que oui. »

Il entoura mon cou de sa large paume pour me maintenir en place. « Nous ferons ça comme tu le voudras, ma douce. Tu peux prendre tout le temps dont tu as besoin. Ne pars pas, je t'en prie. »

Ce fut à mon tour de grogner, même si je n'avais rien d'une louve. « Si je me souviens bien, c'est toi qui es parti. »

Il me regarda fixement, avant d'acquiescer.

Des larmes me montèrent encore aux yeux. « Je ne partirai pas, » promis-je. « Je te veux, Colton Wolf. Mais je n'aime pas qu'on se paye ma tête. »

« Putain. Je suis tellement désolé, Marina. Je ne voulais pas te faire de mal. Tu signifies tout pour moi. Et pas seulement parce que mon loup t'a reconnue à ton odeur. Parce que je suis tombé amoureux de toi ce weekend. J'ai rencontré une jeune femme géniale qui aime sans retenue et illumine partout où elle va. Tu es simplement incroyable. Tu as créé un lien incroyable avec ta sœur que tu ne connais que depuis une année, un lien qu'il m'a fallu une vie pour créer avec mes frères. Tu es douce, intelligente et drôle. Tu es généreuse, surtout au lit. Tu fais des gâteaux incroyables. Je veux prendre le temps de découvrir chaque petit détail de toi. »

Je ris entre mes lèvres mouillées. « Tu n'as même pas goûté un de mes gâteaux. »

Il sourit, ses yeux parcourant mon regard avec tant d'affection qu'il me réchauffa des pieds à la tête. « C'est exact. Il faudra y remédier. Au petit-déjeuner demain matin ? »

« Ça sonne bien, » murmurai-je. Toute la tristesse, la

peine, la confusion s'étaient envolés. A la place, je ressentais... la vie. La joie.

« Alors tu me donnes une seconde chance ? »

Je secouai la tête et il pâlit. « Non, c'est à nous que je donne une seconde chance. »

« J'adore cette idée. » Il vint plaquer mes hanches contre son entrejambe et toute la longueur de son membre excité vint frotter contre ma féminité. J'en grognai. « Putain, nous avons un problème. »

« Lequel ? »

« J'ai besoin de poser mes mains sur toi, de te montrer à quel point tu resteras satisfait avec moi, mais —» Il s'interrompit et déglutit péniblement.

Je me fondis contre lui, pressant mes seins contre sa poitrine. « Mais quoi ? » ronronnai-je.

Je sentis son souffle contre mon cou. Ses doigts se resserrèrent sur mes hanches. « Mais... » Il attrapa encore mes hanches un plus fort. « Je suis foutu, Marina, » avoua-t-il dans un souffle.

Je ris parce que cette fois-ci je savais qu'il ne me rejetait pas. Au contraire, c'était le désir de Colton pour moi, son incapacité à se retenir. Il me désirait *trop*. Sa peur de me faire du mal ou d'y aller trop fort.

« Comment ça, Sergent-chef ? » Je donnai un coup de langue contre son lobe d'oreille.

« Je... je ne peux pas me retenir. Et il est exclu que je te laisse encore quitter mon champ de vision. »

Il se pencha et croisa mon regard. « Alors ne te retiens pas. »

Il cligna, et ses yeux réapparurent un peu plus ambrés.

« Ne te retiens pas, dis-je encore. Je suis prête à être marquée. »

Il glissa ses mains sous le short de mon pyjama,

empoignant mon derrière nu. « Tu... tu ne peux pas en être sûre. Tu es trop jeune pour décider. »

« Tais-toi. » Je retirai mon débardeur pour lui montrer mes seins. « Ce n'est pas à toi de me dire que je suis jeune. Et ce n'est pas toi de décider pour moi. Je veux ma morsure de loup. Et je la veux *maintenant*. »

« Mais, l'école. »

« Il me reste deux semestres à valider. Je peux le faire n'importe où. Mon père n'est plus dans la boucle, longue histoire. Aucune raison de retourner à Los Angeles. »

« Oh mon dieu. Oh doux Jésus. Es-tu en train de me dire que tu veux vivre au ranch ? »

« Et essayes-tu de me dire que tu vas quitter l'armée ? » répliquai-je.

« J'ai déjà pris cette décision. Avec Rob. Je passe remplir les papiers et je m'arrache. Je rentre. Pour de bon. » Un air de vulnérabilité traversa son visage. « Avec toi ? »

Je rayonnais. « Tu vois, il suffit de demander. »

Colton me déposa sur le lit une seconde plus tard, avant de m'ôter mon pyjama d'un seul geste. « Je vais te baiser tellement fort, jeune fille, » grogna-t-il en écartant mes jambes.

Il posa sa bouche sur moi et me lécha avec ses talents de démon.

Non, ses talents de loup.

Un loup que la pleine lune rendait fou à l'idée de marquer sa femelle.

Alors que je remuai en enfonçant mes doigts dans ses cheveux, je réalisai que j'avais hâte.

21

COLTON

IMPOSSIBLE DE FAIRE MARCHE ARRIÈRE. Bien que ma conscience me crie de tout arrêter, de m'assurer encore une fois que c'était ce qu'elle voulait vraiment, mon loup la désirait trop ardemment. Je devais lui donner du plaisir, la satisfaire. Lui faire crier mon nom et la marquer comme étant la mienne, pour toujours.

Et cela allait enfin arriver.

Me retenir avait rendu ces quarante-huit dernières heures les plus longues de ma vie.

Je me régalai d'elle comme un mort de faim. Ses petits soupirs, ses gémissements puis ses cris ne firent que renforcer mon désir de satisfaire ma femelle avant mon propre plaisir.

« Marina, » je grognais son nom à chaque inspiration, pour m'assurer que ses cils papillonnaient toujours d'extase. Et à chaque fois, elle levait la tête pour plonger dans mon regard sauvage et murmurer. « Oui. » J'utilisai ma langue de toutes les manières possible. Je pourrais passer des heures entre ses cuisses. Son parfum, son odeur, je les ressentais partout sur mon visage, même si c'était elle qui finirait par être marquée ce soir, j'avais moi aussi besoin qu'elle me recouvre, afin que chacun sache que moi aussi, je lui appartenais.

Pour cela, je devais la faire jouir. Je devais lui donner le plaisir que je lui avais moi-même refusé hier. C'était crucial que je le fasse, que ma vilaine jeune fille reçoive ce qu'elle mérite. A moi. Putain.

Je vins caresser son anus, ce qui la fit crier. J'y insérai deux doigts, avec douceur pour commencer, et elle manqua d'arracher les draps. Je ne me retins pas et caressai méthodiquement l'intérieur de sa féminité, en quête de son point G, tout en aspirant son clitoris autour de mes lèvres.

Elle poussa des cris de plus en plus frénétiques et arqua le dos de plaisir, la bouche ouverte. « Oui, Colton, je t'en prie. N'arrête pas, je t'en supplie. Oh mon dieu. »

J'activai encore mes doigts en elle tout en suçotant son petit bouton de plaisir comme si je voulais l'aspirer.

Elle allait jouir. Maintenant. Et recommencer. Encore et encore.

« Oh mon dieu, » cria-t-elle encore, soulevant davantage ses hanches sur le lit. Sa chatte se contractait autour de mes doigts, son excitation débordant sur ma paume. J'attendis qu'elle ait fini, qu'elle se rallonge, repue et haletante avant de ramper au-dessus d'elle et de déboutonner mon jean.

« C'est de la folie, murmura-t-elle en me regardant. Ce sont les yeux de ton loup qui sont couleur ambre ? »

Je pris de petites respirations pour essayer de garder le contrôle et acquiesçai. Si elle pouvait les voir, alors mon loup devait être juste à la surface. Prêt, à l'affût. Je ne devais pas mordre trop profondément. Je ne devais pas toucher d'artère. Elle était humaine et ne guérissait pas instantanément comme l'aurait fait une femelle-loup.

Putain, je n'avais jamais demandé à Boyd comment il avait fait, mais je me souvins avoir aperçu la marque d'Audrey sous sa robe de mariée l'autre jour.

Ce n'était pas la seule chose à laquelle je devais penser. Un préservatif.

Je devais en porter un, peu importe à quel point j'avais envie de la marquer de ma semence également. Elle allait encore à la fac. Loin d'être prête pour des petits louveteaux. Elle me l'avait bien dit, et je respectais cela.

Je me débattis avec l'emballage, les sentiments déferlant dans mes veines ayant atténué ma dextérité tout en faisant couler le long de mes crocs, le sérum destiné à sa peau.

Elle attrapa l'emballage qu'elle ouvrit pour moi avant de m'aider à le dérouler.

Oh mon dieu. Elle en avait envie autant que moi. Cela me rendait absolument dingue.

J'essayai de me retenir—et je jure que j'essayais—mais c'était mission impossible. Installant mes hanches entre ses cuisses écartées, je soulevai ses genoux, alignai ma queue dans l'axe de sa chatte et la pénétrai d'un seul geste.

Elle haleta, les yeux grands ouverts et fit glisser ses épaules vers le sommet du lit.

« Pardon, je te demande pardon. » Je vins me lover dans le creux de son cou pour l'embrasser. « Ma jolie petite humaine, ma douce âme sœur. Je ne veux pas te faire de mal. »

Elle roula des hanches pour me rejoindre. « Je n'ai pas mal. Je ne suis pas fragile. Tu as déjà été sauvage dans ce motel avec moi. Et dans ton lit au ranch. Redeviens sauvage. Montre-moi ce que tu as dans le ventre, mon homme-loup. »

Je ris de bon cœur. Elle était tellement mignonne. A tel point que j'en eus mal aux côtes. Une pression monta dans ma poitrine, comme si je ne pouvais plus respirer.

Elle remonta ses bras sur la tête de lit, une lueur de défi dans ses yeux. L'air de dire, donne-moi tout ce que tu as.

Un défi que j'allais relever. Je sortis et revint en elle d'un seul mouvement. Ses genoux vinrent se plaquer de part et d'autre de ma taille. Ce qui me laissa la prendre plus en profondeur, et soudain, impossible d'attendre plus longtemps. Les parois de sa chatte vinrent enserrer ma queue comme pour m'attirer encore plus loin. Mes mains rejoignirent les siennes sur la tête de lit et je la pilonnai, ma maintenant en place avec mon épaule.

La pièce se mit à tourner. C'était torride. Rempli de fièvre. D'envie. De désir. De luxure.

Elle rejeta la tête en arrière, les lèvres ouvertes et son souffle prit la forme de petits halètements. Elle rougit des joues jusqu'à la poitrine dont les petites pointes tremblaient à chaque à-coup.

Plus rien d'autre ne comptait que les signes de plaisir de ma petite femelle. A la recherche de cette note finale que nous désirions si fort. Plus rien d'autre que ses gémissement et halètements. Rien d'autre ne saurait m'accomplir que l'extase sur son visage.

« Marina... »

« Colton ! » Sa voix transpirait un plaisir que seul un fil retenait. Elle était au bord, prête à basculer.

De la sueur coulait de mon front. « Allons-y, ma douce. Laisse-moi t'avoir tout entière. »

On aurait dit qu'elle attendait que je le lui indique, parce qu'à peine ces mots prononcés, elle jouit. Parce qu'elle était à ce point adorable. Jouir sur commande.

Mon dieu, j'allais m'employer à lui enseigner tout le

plaisir de la soumission. Lui montrer qu'un alpha loup prenait soin de sa femelle. Dans la punition comme dans la récompense. Faire ressortir toutes les pensées les plus coquines enfouies en elle. Nous n'avions eu que deux jours. Mais une vie entière nous attendait.

Et sur ce, je jouis. Les lumières explosèrent dans ma tête. Je remplis le préservatif en elle. Ensuite je me retirai et attendis, reprenant mon souffle, attendant que ma vision s'éclaircisse pour ne pas commettre d'erreur.

« Tiens-toi tranquille, ma douce. » Je chassai les cheveux de son cou en sueur. Cela me minait de la mordre ici, sur sa peau magnifique. Je m'en voudrais toujours qu'elle supporte mal cette marque et qu'elle arrête de porter les petits débardeurs qu'elle aimait tant. Alors je laissai glisser mes lèvres sur son épaule, descendant jusqu'à son omoplate. Elle tourna la tête et regarda. Et c'est là, juste en-dessous de son épaule, dans la partie tendre près de son aisselle, que je mordis.

Je jouis encore, et le préservatif s'en retrouva projeté pendant que j'éjaculai contre son cul.

Putain.... *Putain....* PUTAIN. C'était presque une image subliminale. J'avais rêvé de ce moment. Mon père m'en avait parlé. Boyd aussi. Je savais à quoi m'attendre. J'en avais besoin.

Mais ce n'était rien, *rien,* comparé à la réalité. La sensation de sa chair contre ma langue, sentir mon sérum s'immiscer en elle, le parfum de sa chair, de son sang. Le sentiment de savoir que Marina m'appartenait pour toujours. Putain. Accompagné d'un orgasme intense, alors que ma queue n'était même pas en elle.

J'étais amoureux de Marina. J'étais fier qu'elle soit à moi. Je me sentais humble devant cette petite humaine qui se donnait à moi. A moi ! Je passerais le restant de mes jours à la rendre heureuse car rien de ce que je pourrais faire n'égalerait jamais ce qu'elle venait de faire pour moi.

Les gémissements de Marina me ramenèrent à la réalité en un éclair. Je forçai ma mâchoire à lâcher et laissai ressortir mes crocs de sa chair. Essuyant ma bouche du revers de ma main, je lui dis, « Marina, ma douce. C'est terminé. » Je léchai la blessure pour la refermer. Ma salive contenait des anticorps garantissant une guérison rapide et évitant les infections. « Dis-moi que tout va bien. » J'appuyai un oreiller contre sa blessure avant de l'allonger sur le dos.

Elle avait un peu pâli mais elle acquiesça. « Aïe. »

« Je suis tellement désolé, bébé. Cela n'arrivera plus. Je ne te ferai plus jamais de mal tant que tu vivras. Ou du moins, pas intentionnellement. Ou à moins que tu n'aimes ça. » Je lui fis un clin d'œil et elle se détendit en s'installant sur les oreillers.

« Je suis à toi maintenant ? » demanda-t-elle de sa voix douce.

« Tu es à moi maintenant. »

« Pour toujours ? »

« Jusqu'à ce que la mort nous sépare. Je prendrai soin de toi. Je te protégerai. Je te donnerai tant de plaisir. Je passerai le restant de mes jours à me racheter pour le mal que je viens de te faire. »

« Et je pourrais... » Elle se mordit la lèvre.

« Dis-le. »

« Je pourrais voir ton loup ? » Elle semblait presque timide, comme si ces mots sonnaient faux.

« Mon loup ? » je m'éclaircis la voix.

Elle acquiesça et je souris.

« Putain, oui. Il est gros. Plus gros qu'un loup ordinaire. Tu veux le voir maintenant ? »

« Oui ! » Elle s'assit et posa sa main sur la morsure.

J'étais toujours allongé sur le côté, alors je me penchai sur sa blessure pour la lécher encore une fois, elle ne guérirait que plus vite. Cela devait piquer un peu, et voir mon loup serait une bonne distraction.

« N'aie pas peur, d'accord ? » Je la fixai droit dans les yeux, en quête d'une lueur d'inquiétude. Elle avait déjà vu le petit Liam se transformer auparavant, mais voir un homme adulte se changer en loup pour la première fois pouvait en impressionner plus d'un.

Elle prit une grande inspiration et acquiesça.

Je m'éloignai du lit et retirai mes vêtements, les laissant tomber sur le sol. Je bandais encore, mais je l'ignorai, ne regardant que Marina alors que tout devint flou autour de moi et que retentirent les bruits des articulations qui craquaient pour mieux se reformer.

Marina étouffa un cri. Je l'avais prévenue. J'étais énorme. Et un loup.

« Oh mon dieu, » murmura-t-elle en me fixant.

Je sautai sur le lit, m'allongeai sur le ventre et posai ma tête sur ses genoux.

Elle tendit une main que je léchai. « Wahou, » souffla-t-elle en me détaillant. Elle me caressa les oreilles. « Tu es si doux. » Elle enfouit son visage dans ma fourrure. « Tu es magnifique Colton. »

Je laissai mon loup se délecter un moment de son attention, avant de reprendre forme humaine. Toujours ma tête sur ses genoux. « Wahou, » dit-elle à nouveau.

« Pas trop terrorisée ? » demandai-je doucement en m'essayant. Elle resta ainsi suspendue pendant un temps, sans mot dire. Elle en avait vu de toutes les couleurs. Il lui faudrait un peu de temps pour réaliser. J'attendais ses questions, auxquelles je répondrais sans détour. Pas de secrets entre nous.

Quand je pensais qu'elle s'était endormie, elle poussa un soupir tremblant. « Et maintenant ? »

« Tout ce que tu veux Marina. Ce qui te semblera bon pour toi. »

« Je ne veux pas rentrer à Los Angeles. » Elle semblait surprise mais sûre d'elle. « Je n'aime pas la fac. Et je déteste les études d'ingénieur. »

Je caressai ses joues de mes pouces. « Je ne veux pas ruiner ta carrière, jeune fille. »

« Ce n'est pas le cas. C'est moi qui l'ai fait, pensant faire plaisir à mon père. Peut-être que je terminerai mon cursus à distance, mais je n'y retournerai pas. J'irai où tu iras. En Caroline Du Nord. Ici. Peu m'importe. J'avais besoin de tout recommencer. Mais je ne pensais pas que ce serait avec toi. »

Je ne dis rien pour laisser résonner la beauté de ses mots. Pour remarquer à quel point mon loup s'était apaisé. L'intensité autour de Marina était restée la même, cette envie, ce besoin de lui accorder toute mon attention. De la protéger. Mais ce besoin qui me consumait de l'intérieur s'était adouci. Seule une douce chaleur persistait. Et un sentiment nouveau, que je n'avais encore jamais ressenti.

Quel était-il ?

Putain, c'était de la joie.

C'était le nouveau départ de Marina.

Et elle était à moi.

Et tout était parfait.

ÉPILOGUE

*M*ARINA

IL NOUS FALLUT PASSER par la porte de derrière le lendemain matin. Tard. Il n'était pas loin de deux heures du matin quand Colton m'avait retrouvée au motel et bien plus tard quand je m'étais enfin endormie. Pas vraiment endormie, évanouie, après avoir connu trop d'orgasmes. Nous n'avions pas bougé d'une oreille avant que la femme de chambre ne frappe à la porte à onze heures. Bien que l'établissement soit devenu un vrai havre de sexe pour nous deux, nous n'avions pas besoin d'y rester plus longtemps. La réalité me convenait très bien.

La morsure ne me faisait pas mal, mais je la sentais. En me contorsionnant devant le miroir de la salle de bain, j'avais vu qu'elle se refermait déjà. J'avais souri en voyant cette marque, sachant qu'elle ne disparaitrait jamais. Il resterait toujours la trace des crocs de Colton.

Rien d'effrayant, au contraire. Pour le restant de ma vie, je pourrais ainsi me rappeler de ce qui s'était passé.

Colton nous avait ramenés au ranch après avoir déclaré qu'il n'en avait rien à faire de la voiture de location et que la compagnie n'avait qu'à venir récupérer cet engin qui était inutile dans le Montana. Je n'allais pas le contredire. Secrètement, je pensais plutôt qu'il ne voulait pas me quitter des yeux ou se priver de la possibilité de me toucher. Et encore une fois, je n'allais pas m'en plaindre. Moi non plus, je ne voulais pas qu'il arrête.

Alors quand la porte extérieure se referma sur nous, main dans la main, une scène à couper le souffle s'offrit à nous. Tout le monde était assis à la grande table de la cuisine. Rob, Levi, Johnny, Clint et les autres employés du ranch dont je ne me rappelais plus les noms. Mais aussi Boyd et Audrey. Au milieu de la table, le gâteau de mariage dont il manquait la moitié. Chacun avait une assiette vide— quoique maculée de quelques miettes et de traces de glaçage—et des tasses de café.

Nos deux groupes se regardèrent mutuellement.

Alors Rob se mit à applaudir et tous les yeux se braquèrent sur lui, mais quand Colton me serra contre lui, et que je le vis sourire, tout le monde l'imita.

Boyd se leva et vint me donner une grande tape dans le dos. « Félicitation frérot. »

« Oh mon dieu, ils applaudissent parce que tu... enfin nous — »

Colton me regarda et dit un clin d'œil. « Ils n'ont pas besoin de voir la marque pour savoir que tu es à moi. » Il renifla bruyamment et je compris.

Mortifiée que chacun d'entre eux sache connaisse ainsi nos activités nocturnes, et que j'aie été mordue par un métamorphe, j'enfouis mon visage rougi contre la poitrine de Colton.

« Bienvenue au sein de la famille, Marina, » dit Rob. Je levai la tête et le vis juste devant moi. Je dus lever la tête pour le regarder dans les yeux, et j'aurais juré que le coin de sa bouche avait remué. Il vint me caresser les cheveux d'une manière toute fraternelle mais qui fit grogner Colton jusqu'à ce que Rob retourne s'asseoir.

Je n'avais jamais connu Colton aussi détendu, aussi heureux, même quand il se laissait aller à ses pulsions possessives. C'était grâce à moi, à nous, à la morsure. Il n'avait plus à se soucier de la pleine lune et nous avions tout tiré au clair. Il n'y avait plus rien entre nous, et apparemment, je sentais comme lui.

Je tirai sur son t-shirt et il se pencha. « Si je sens toi, est-ce-que cela veut dire que tu sens moi aussi ? » murmurai-je.

Il sourit. « Mais ab-so-lu-ment. Ils savent que tu as été baisée, et bien. »

J'ouvris grand la bouche et vins frapper ses abdominaux durs comme la pierre.

Il rit et je m'effondrai sur la chaise vide à côté d'Audrey. « Je voudrais du gâteau, » annonçai-je.

Clint attrapa le grand couteau et m'en coupa une part qu'il déposa sur une assiette propre. Il me la fit passer et Johnny me tendit une serviette et une fourchette.

« Café ? » demanda Levi en se saisissant d'un broc fumant.

« Avec plaisir, » répondis-je.

Je regardai Colton s'installer en face de moi et se prendre une part de gâteau lui aussi. Il avait les yeux rivés sur moi en mordant sa première bouchée.

« Ce gâteau est incroyable, » dit Audrey en me prenant dans ses bras.

« Je suis tellement désolée que la réception ait été gâchée. » Je la regardai et la vis toute détendue et souriante, comme Colton. On dirait que sa nuit de noces s'était bien passée.

« Je suis bien contente que Colton t'ait retrouvée. Il te croyait chez nous, il avait l'air très inquiet. »

Je jetai un œil à Colton qui ne répondit rien. Il ne m'avait pas avoué avoir dérangé Audrey et Boyd après mon départ. « Il a fait ça ? »

« Dois-je m'inquiéter de quelque chose ? »

Je ne pus m'empêcher de sourire. « Tout va bien. »

Audrey fit mine de respirer l'air ambiant. « Oh oui, je le sens effectivement sur toi, » me taquina-t-elle dans un grand éclat de rire. « Je plaisante. Je n'ai pas un tel odorat. »

Je roulai des yeux. « Mon dieu qu'est-ce-que vous avez tous à renifler ? »

Je fixai un à un les hommes autour de la table, mais cela ne sembla en déranger aucun.

« J'ai su que tu étais avec Colton à la seconde où vous avez franchi la porte, » me dit Boyd. « J'étais surpris qu'il ne se soit pas encore montré. »

Je mis une main sur mon visage. « Eh bien, j'aurai son odeur sur moi pour toujours maintenant, et tu ne pourras plus savoir quand on aura baisé. »

Voilà, je l'avais dit.

« Oh, ils sauront toujours, ajouta Colton. Parce que je serai incapable de m'empêcher de sourire. Il sourit, et je sentis fondre mon cœur.

« Tu veux que je regarde ta morsure ? proposa Audrey. Je ferais mieux de la désinfecter. »

Je secouai la tête. « Non, elle est très belle, » chuchotai-je en fourrant un morceau de gâteau dans ma bouche. Le parfum de citron était bien dosé, et le cœur moelleux à souhait. J'étais satisfaite.

« Vous allez rester tous les deux ? » demanda Rob en prenant une gorgée de café.

Colton se tourna vers mois. « J'ai de la paperasse à remplir d'abord. Mais oui. »

« Je vais terminer mes études. Quelque part, » ajoutai-je pour qu'ils sachent que je n'avais pas l'intention de retourner à Los Angeles. »

Colton acquiesça. « Nous serons bientôt là. »

« Bien. » Je sentis Rob déborder d'enthousiasme à l'idée de nous voir arriver au ranch, mais j'avais l'habitude qu'il tempère ses émotions. « Nous avons une grange à reconstruire. »

Je posai ma fourchette. « Je peux vous aider pour ça. La grange était vieille et la charpente n'a pas été préfabriquée. Je peux me rapprocher d'un entrepreneur pour garantir que non seulement le nouveau toit respecte les normes, mais qu'en plus il puisse résister à une tornade. »

Rob me regarda et m'étudia silencieusement, mais je le vis réfléchir. « Il n'y a pas de tornades dans le Montana, mais autant le reconstruire aussi solidement que possible. Nous t'impliquerons dans le projet de reconstruction. »

Je me tournai vers Colton qui hocha la tête. Peut-être que mes connaissance en ingénierie allaient servir à quelque chose. Je ne ferais pas carrière, mais c'était bon de se sentir utile à quelque chose.

« Ce gâteau est délicieux, Marina. Tu voudras bien m'en faire un pour mon anniversaire ? » demanda Johnny. Colton grogna mais Johnny resta de marbre.

« Au chocolat. »

« Mon préféré, dit Audrey. Clint, coupe m'en une autre part. » Elle poussa son assiette vers le centre de la table.

« Pourquoi tu ne me l'as pas dit ? Je n'aurais pas fait celui au citron-pavot. »

Audrey me regarda en roulant des yeux. « J'aime *tous* tes gâteaux. Et comme je mange pour deux, j'ai droit à deux parts. Oublie les études d'ingénieurs, ouvre une pâtisserie. »

Personne n'osa contredire la femme enceinte. Clint lui rendit son assiette garnie d'une part immense. Elle se tourna vers Boyd, fourchette levée au cas où ce dernier aurait un commentaire à formuler.

Il leva les mains en signe de reddition. « Ce que veulent les femmes... »

Je lui tirai le bras. « *Femmes ?* Vous savez que c'est une fille ? »

Audrey secoua la tête et enfournant un morceau de gâteau. « Non. Trop tôt pour le dire, » dit-elle en mastiquant. « C'est ce qu'il pense. »

« Que nous pensons, » répliqua-t-il catégoriquement.

Colton gloussa en prenant une gorgée de café. Boyd le fusilla du regard en le menaçant de son doigt. « Attends frérot, ton tour viendra. »

Colton regarda en ma direction et je me perdis dans son regard sombre. « J'ai hâte. »

J'avais clairement annoncé que je n'étais pas prête à avoir des enfants, mais vu sa manière de me fixer et les picotements que cela faisait naitre en moi, l'idée de porter son enfant, sembla une perspective moins lointaine que prévu.

« Tout comme j'ai hâte de gouter ton fameux banana-bread aux pépites de chocolat. »

« Je t'en préparerai un aujourd'hui, » promis-je.

« Boyd a reçu un SMS de la nièce de Sheffield ce matin, » dit Rob en changeant de sujet. Boyd acquiesça.

« Natalie Sheffield. Elle est en route. »

« Pour vendre le terrain ? » demanda Colton.

« Non, dit Rob d'un air sombre. Pour y habiter, seule. »

« Et quel est le mal ? » demandai-je, confuse. Je ne savais rien d'autre sur la fille héritière du ranch que ce que Colton m'avait dit, mais je sentis bien qu'elle se retrouverait au centre d'une querelle entre Jett Markle et toute la famille Wolf. Et à la manière dont Colton avait parlé du père Sheffield, je n'avais aucun doute qu'ils veilleraient sur elle.

Rob secoua la tête. « Je n'aime pas savoir une femme seule ici. Elle a l'air jeune. Probablement jolie. Je n'imagine que des ennuis, surtout avec Markle. »

Je parvins à ne pas rouler des yeux en entendant les mots *probablement jolie*. « Eh bien, tu pourras veiller sur elle, j'en suis sûre. »

« Ouais. » Rob se frotta le visage en se levant. Et j'aurais juré l'entendre grommeler. « C'est bien ça le problème. »

Je décochai un regard à Colton mais il haussa simplement les épaules. J'avais l'espoir que Rob s'attache à elle... ou à quelqu'un.

L'avenir nous le dirait. En attendant, Colton et moi devions prendre des décisions. Sur le reste de nos vies.

Il me fit un clin d'œil, comme s'il lisait dans mes pensées.

J'avais tellement hâte.

RECETTE

Le fameux banana-bread aux pépites de chocolat de Marina

(pour une délicieuse variante sans gluten, remplacer la farine de blé par de la farine de riz)

114 g de beurre mou
200 g de sucre en poudre
2 œufs
3 bananes biens mûres écrasées
125 g de farine
1 cuillère à café de bicarbonate de soude
½ cuillère à café de sel
50 g de pépites de chocolat

Blanchir le beurre pommade et le sucre au mixeur. Ajouter les œufs et les bananes. Dans un bol à part, mélanger la farine tamisée, le bicarbonate et le sel. Incorporer délicatement au mélange bananes et ajouter les pépites de chocolat. Verser dans un moule à cake et cuire au four à 180 °C pendant une heure.

CONTENU SUPPLÉMENTAIRE

Devinez quoi ? Voici un petit bonus rien que pour vous. Inscrivez-vous à notre liste de diffusion; un bonus spécial réservé à notre abonnés. En vous inscrivant, vous serez aussi informée dès la sortie de notre prochains romans (et vous recevrez un livre en cadeau... waouh !)

Comme toujours... merci d'apprécier mes livres.

http://vanessavaleauthor.com/v/zr

OBTENEZ UN LIVRE GRATUIT DE VANESSA VALE !

Abonnez-vous à ma liste de diffusion pour être le premier à connaître les nouveautés, les livres gratuits, les promotions et autres informations de l'auteur.

livresromance.com

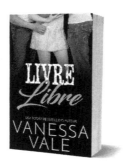

ABONNEZ-VOUS À LA NEWSLETTER DE RENEE

Abonnez-vous à la newsletter de Renee pour recevoir des scènes bonus gratuites et pour être averti·e de ses nouvelles parutions !

https://www.subscribepage.com/reneerosefr

LISTE COMPLÈTE DES LIVRES DE VANESSA VALE EN FRANÇAIS:

http://vanessavaleauthor.com/v/pp

AUTRES TITRES DE RENEE ROSE PARUS EN FRANÇAIS

Autres titres de Renee Rose parus en français

Le Ranch des Loups

Brut

Alpha Bad Boys

La Tentation de l'Alpha

À PROPOS DE L'AUTEUR

Vanessa Vale est l'auteur à succès USA Today de romans d'amour sexy, y compris sa populaire série de romans historiques Bridgewater et de romans contemporains très chauds. Avec plus d'un million de livres vendus, Vanessa écrit sur des bad boys qui, lorsqu'ils tombent amoureux, ne font aucune concession. Ses livres sont disponibles dans le monde entier, en plusieurs langues, sous forme de livres électroniques, imprimés, audios et même de jeux en ligne. Lorsqu'elle n'écrit pas, Vanessa relève le défi chaque jour en élevant deux garçons et en testant combien de repas différents elle peut préparer avec une cocotte-minute. Bien qu'elle ne soit pas aussi douée que ses fils pour les médias sociaux, elle aime interagir avec les lecteurs.

https://vanessavaleauthor.com

À PROPOS DE RENEE ROSE

Renee Rose, auteur de best-sellers d'après USA Today, adore les héros alpha dominants qui ne mâchent pas leurs mots ! Elle a vendu plus d'un million d'exemplaires de romans d'amour torrides, plus ou moins coquins (surtout plus). Ses livres ont figuré dans les catégories « Happily Ever After » et « Popsugar » de USA Today. Nommée *Meilleur nouvel auteur érotique* par Eroticon USA en 2013, elle a aussi remporté le prix d'*Auteur favori de science-fiction et d'anthologie* de Spunky and Sassy, celui de *Meilleur roman historique* de The Romance Reviews, et les prix de *Meilleur roman de science-fiction, Meilleur roman paranormal, Meilleur roman historique, Meilleur roman érotique, Meilleur roman avec jeux de régression, Couple favori* et *Auteur favori* de Spanking Romance Reviews. Elle a fait partie de la liste des meilleures ventes de USA Today cinq fois avec plusieurs anthologies.

Printed in Great Britain
by Amazon